BIBLIŌTHÈQUE DE BONS ROMANS ILLUSTRÉS

LE

CHATEAU DE RODERICK

Deuxième Partie

DE LA TIGRESSE

PAR HENRY DE KOCK.

Prix : 50 centimes.

PARIS

ALEXANDRE CADOT, ÉDITEUR

37, RUE SERPENTE, 37

LE CHATEAU
DE RODERICK

SUITE DE LA TIGRESSE,

PAR HENRY DE KOCK.

XX

La nièce de Petrus Ahnesorge.

Ni Karl, ni Robert n'avaient répondu à l'exclamation du vieux médecin. La calèche, s'éloignant du Linden, roulait au grand trot de ses quatre chevaux, conduits par un postillon, du côté du quartier de Spandau. Arrivée devant un vieil hôtel, la voiture fit halte. Le domestique du docteur, sautant prestement à bas de son siége, ouvrit la portière à son maître.

— Dans cinq minutes je suis à vous, messieurs, dit Petrus Ahnesorge. Excusez-moi, mais, vous ne l'ignorez pas, les femmes n'en ont jamais fini avec leur toilette. Cependant j'avais bien prié ma chère nièce Marguerite de se tenir prête à l'avance; si vous attendez un peu ce ne sera pas ma faute.

Le domestique avait sonné à la porte de l'hôtel; cette porte s'ouvrit aussitôt et Petrus Ahnesorge disparut dans les profondeurs d'une cour sombre, mal pavée, et toute verte d'herbe et de mousse.

— Que signifie ceci? dit Robert, tout bas à Karl. Nous allons voyager avec la nièce du docteur! Vous avait-il parlé de cette nièce, cher comte?

— Pas le moins du monde!

— Ah!... Et de quoi a-t-il donc été question dans votre entretien particulier, tout à l'heure, pouvez-vous me l'apprendre?

— Parfaitement.. M. Petrus Ahnesorge m'a laissé à entendre que si je consentais à faire amende honorable aux pieds d'Ancilla, il me dispenserait d'une vengeance... dont il n'est que l'instrument... et à laquelle notre singulière gageure sert de cadre.

— Et que lui avez-vous répondu?

— Me demandez-vous cela sincèrement, Robert?

— C'est vrai... pardonnez-moi, mon ami, je ne me souvenais plus que vous êtes de ces hommes que l'on brise quelquefois, mais qui ne plient jamais.

Et le docteur vous a-t-il dit chez qui nous allions à Eberswalde, et ce que nous allions y faire ?

— Mais vous l'avez entendu comme moi... nous allons au château de Roderick, je crois, ramener mademoiselle Marguerite Hœffer !

— Oui, oui... j'ai entendu ! Mais, encore une fois d'où sort cette nièce... et à quel propos...

Karl interrompit Robert d'un geste.

— Mon cher ami, lui dit-il, sauf meilleur avis, le parti le plus sage que nous avons à prendre, je crois, en cette circonstance, est de nous laisser guider sans marquer ni curiosité ni étonnement. Nous nous sommes mis de notre plein gré dans les griffes de Petrus Ahnesorge ; encore une fois, il est donc d'une politique habile de notre part de ne point lui donner la satisfaction de paraître nous soucier de ce qu'il compte faire de nous ! Pour moi, mon parti est bien arrêté ! Me conduisît-il dans la lune, je n'aurais pas seulement l'air de m'en apercevoir.

— Hum !... Ceci est un peu paradoxal, cher comte !

— Du tout ! c'est fort simple, au contraire. Ce monsieur veut me faire peur, et je l'ai défié d'y parvenir. Libre à lui de tout tenter pour atteindre son but, mais libre à moi, de mon côté, de me renfermer prudemment dans un mutisme et une discrétion, à son endroit, qui me permettent d'observer à l'aise toutes ses actions. Eh! eh! qui sait! cette nièce qu'il est entré chercher là... cette Marguerite Hœffer... c'est peut-être sur elle qu'il compte pour gagner sa gageure, cette demoiselle est peut-être un monstre de laideur et de bêtise, dans la société de laquelle je ne resterai pas une heure sans éprouver une violente envie de me précipiter sous les roues de cette voiture !

— Taisez-vous ! J'aperçois Ahnesorge...
de la cour.

— En effet !... Il est avec la nièce en question sans doute ! cette femme à laquelle il donne le bras ! Ah !... mais elle a le visage entièrement caché par un voile de dentelles !... J'en étais sûr, Robert !... Mademoiselle Marguerite est quelque hideuse créature ! Le docteur est un plaisant ! Il gagnera ses mille louis sans peine ; car, à un moment donné, cela est certain, quand la nièce se montrera à nous, je pousserai un cri d'effroi et je serai forcé ainsi de reconnaître que je suis vaincu !

Robert sourit d'un pâle sourire. La gaieté qu'affectait Karl ne le trompait point. Il comprenait, tout comme Karl en était assuré lui-même, que ce ne serait point par une simple plaisanterie que se terminerait cette intrigue dont Ancilla tenait les fils. Cependant Petrus Ahnesorge et sa nièce étaient sortis de l'hôtel dont la porte se referma sur eux. Au moment de monter dans la calèche, Marguerite Hœffer ramena, en plis plus serrés encore, son voile sur son visage.

— Ne vous en veuillez pas à la chère enfant si elle se cache de vous de la sorte ! dit Petrus Ahnesorge aux deux amis ; mais elle est extrêmement timide de sa nature...

— Et puis le soleil est fort vif, répliqua Karl d'un ton mi-railleur, mi-enjoué; mademoiselle a grandement raison de le redouter plus encore que nos regards.

Robert se taisait, considérant à la dérobée la femme assise près du médecin; un instant l'idée lui était venue que cette femme n'était autre qu'Ancilla. Mais non; celle-ci était beaucoup plus grande que la chanteuse !

— En route, maintenant, postillon ! cria Petrus Ahnesorge en se penchant par la portière, et bon train ! Nous ne nous arrêtons plus qu'au château de Roderick.

Le postillon fit claquer son fouet... les chevaux hennirent... la voiture s'ébranla... Moins d'un quart d'heure après, elle était sortie de Berlin et se trouvait sur la route

d'Eberswalde. Jusque-là, un profond silence avait régné entre nos quatre voyageurs. Petrus Ahnesorge, le premier, rompit ce silence. Sa nièce, ou du moins celle qu'il prétendait être sa nièce, n'avait pas plus bougé qu'une statue pendant les douze à quinze minutes qui venaient de s'écouler... Le vieux médecin, prenant dans ses mains deux mains d'une blancheur éclatante, dit à la jeune fille : — d'aussi jolies mains ne pouvaient appartenir qu'à une jeune fille. — Allons, Marguerite, allons, mon enfant, c'est assez de timidité comme cela ; ces messieurs ne vous dévoreront pas, ne craignez rien ! Relevez donc votre voile.

La statue s'anima. Retirant ses doigts minces et effilés des longs doigts osseux et parcheminés du docteur, elle se mit en devoir d'obéir à l'injonction de ce dernier... Et cela, lentement, très-lentement... Le voile retomba sur les épaules de Marguerite. Et Karl et Robert ne purent retenir, l'un et l'autre, un cri d'admiration. Marguerite avait dix-huit ans à peine, et elle était belle, mais belle comme la belle ! C'était une brune, avec de grands yeux bleus d'une douceur angélique. Elle avait la bouche mignonne et rose, laissant voir, quand elle s'entr'ouvrait, une double rangée de perles. Elle avait le front haut et large, ombragé d'ondoyantes boucles noires; le nez droit aux narines légèrement retroussées; le menton rond et garni d'une fossette qui appelait le baiser; les yeux baissés sous le regard ardent des deux jeunes hommes, la jeune fille, dont Petrus Ahnesorge pressait de nouveau les mains, restait rougissante et troublée...

— Marguerite, ma chère Marguerite, dit le docteur d'une voix caressante, décidément vous êtes une adorable créature... et ces messieurs, qui vous contemplent en ce moment, sont de mon opinion, j'en suis persuadé !

— Certes, fit le comte, on n'est pas plus jolie que mademoiselle !...

— N'est-il pas vrai? reprit Petrus Ahnesorge avec un singulier sourire. Mais, continua-t-il en s'adressant à la jeune fille, il ne vous suffit pas d'avoir prouvé à ces messieurs que vous êtes digne de leurs regards, Marguerite, il faut aussi leur prouver que vous êtes digne de leur société. Marguerite, je vous le répète, ces messieurs sont d'honorables gentilshommes en compagnie desquels vous n'avez rien à redouter ! Monsieur est le comte Karl Sprengel... un de nos riches seigneurs de Berlin. Monsieur est un artiste français... M. Robert Huguet... l'ami du comte Karl Sprengel.

La jeune fille considéra, tour à tour, et Karl et Robert, à mesure que le vieux médecin les lui nommait.

— Et maintenant, reprit ce dernier, maintenant que voilà la connaissance faite, c'est bien entendu... c'est bien entendu, n'est-ce pas, Marguerite... plus de timidité niaise et ridicule ! Causez avec ces messieurs, je vous en prie... Causez avec eux... comme vous causez avec moi !... Vous le voulez bien, Marguerite? — La jeune fille inclina la tête.

— Je le veux bien, mon oncle, dit-elle.

— A merveille ! Je suis content de vous, ma nièce... très-content. Aussi... comme je vous l'ai promis... cette année, pas plus tard, je m'occuperai de vous trouver un mari !

Marguerite était devenue rouge comme une cerise, aux derniers mots du médecin.

— Un mari ! balbutia-t-elle.

Et, souriant à Karl :

— Mon oncle aime à plaisanter, dit-elle. Il me parle d'un mari, comme il me parlait, quand j'étais toute petite fille, d'une poupée. Mais un mari ne se trouve pas comme cela, n'est-ce pas, monsieur ? D'abord je ne veux me marier qu'à un homme que j'aimerai !

— Et qui vous dit que vous n'aimerez pas le mari que je vous choisirai, Marguerite?

La jeune fille ne répondit point : un léger soupir, seul, s'échappa de sa poitrine.

XXI

Le château de Roderick.

— Marguerite, reprit Petrus Ahnesorge, après une pause, êtes-vous contente de revoir bientôt votre père et votre mère?

Marguerite redevint souriante.

— Très-contente, mon oncle, fit-elle.

— La chère petite était, depuis deux ans, au couvent à Berlin, dit à demi-voix Ahnesorge à Robert et à Karl. Vous concevez qu'elle ne s'amusait guère là dedans!...

Et, tout haut, s'adressant à sa nièce, le docteur continua :

— N'est-il pas vrai, Marguerite, que la vie de couvent ne vous plaisait pas beaucoup?

Marguerite pâlit.

— Oh! elle ne me plaisait pas du tout! s'écria-t-elle vivement, et s'il me fallait m'y soumettre de nouveau, cette fois, je crois que j'en mourrais!...

Ahnesorge jeta aux deux amis un regard qui semblait leur promettre de leur donner avant peu quelques explications au sujet du séjour de la jeune fille au couvent.

— Cela est si bon, l'air et le soleil! poursuivit Marguerite avec une sorte de passion. Oui, certes, je mourrais dans cette maison d'où je sors... au milieu de toutes ces femmes... sévères et glaciales qui m'entouraient!... Ah! voyez donc, mon oncle, cette touffe de genêts en fleurs, là-bas!... Oh! j'en voudrais bien une branche!... Il y a si longtemps que je n'ai eu de fleurs!...

On montait une côte en ce moment; les chevaux allaient au pas.

— Ne pourrait-on satisfaire au désir de mademoiselle? dit Karl; les chevaux se reposent; un de nous a le temps d'aller jusqu'aux genêts.

— Au fait! les caprices d'une jolie fille sont des lois, s'écria Ahnesorge. Nous descendrons tous trois; cela nous dégourdira en même temps les jambes de marcher un peu. Marguerite, nous allons vous chercher un bouquet, mon enfant.

Et, donnant l'exemple à Robert et à Karl, Petrus Ahnesorge, qui avait ouvert la portière, s'élança hors de la voiture qui continua sa lente ascension, tandis que les trois hommes marchaient en causant à ses côtés. Le premier soin de Karl avait été de courir vers le genêt épargné miraculeusement par les premiers froids de l'automne; il en cassa quelques tiges qu'il porta à la fille du docteur, puis revenant à Petrus Ahnesorge :

— Si je ne m'abuse, docteur, fit-il, vous étiez disposé tout à l'heure à nous expliquer pourquoi votre charmante nièce s'était trouvée dans la nécessité de passer deux ennuyeuses années au couvent ?

— En effet, repartit Ahnesorge. Vous paraissiez croire, messieurs, que c'était en punition de quelque faute qu'elle avait été séparée des siens, et comme la chère enfant est pure comme un ange, je tiens à ce que l'ombre même du soupçon ne l'atteigne point! Voici la cause de cet événement :

Marguerite possédait une tante, fort riche et fort vieille, qui, prise subitement d'un amour qui ressemblait presque à du fanatisme, pour la religion, exigea, sous peine de sa colère, que Marguerite consacrât cinq années de sa vie au service de Dieu. La colère de la vieille tante, c'était la ruine pour les parents de Marguerite. Madame de Bertenzel, la bonne dame en question, avait déclaré que si M. et madame Hoeffer ne se rendaient pas immédiatement à ses ordres, concernant leur fille, elle disposerait de ses biens en faveur d'étrangers. Ce ne fut point sans peine, néanmoins, qu'ils se séparèrent de Marguerite ; Marguerite, elle-même, versa bien des larmes lorsqu'elle quitta la douce et joyeuse maison maternelle pour le couvent... Heureusement le ciel n'a pas permis que, par suite du caprice d'une vieille femme bigote, une jeune fille s'étiolât entre les murs d'un cloître ! Madame de Bertenzel est morte il y a trois semaines... et Marguerite, sans faire tort à sa famille, peut retourner près d'elle. Voilà tout ce que j'avais à vous apprendre, messieurs. Remontons en voiture; la côte est franchie, et en attendant que vous fassiez connaissance avec M. et madame Hoeffer, vous voilà aussi instruits que possible sur le compte de leur fille, une charmante enfant, dont le seul défaut, peut-être, est une légère propension aux choses romanesques ! Sa mère a commis la faute grave de ne point veiller assez, dans la première jeunesse de Marguerite, sur les penchants instinctifs de cette enfant. Marguerite pourrait bien payer de son bonheur, de son repos, la faute de sa mère. Si elle aime jamais... ce qui n'est que trop probable... elle aimera de façon à rendre heureux, sans doute, l'objet de son amour... mais de façon aussi à payer cher cet amour, si celui à qui elle s'adresse n'est pas en position de l'épouser.

En achevant ces mots qui avaient l'apparence d'un conseil et d'une remarque tout à la fois, Petrus Ahnesorge, précédant Karl et Robert, s'était dirigée vers la calèche... arrêtée au sommet de la colline. Karl, tout rêveur, allait suivre le médecin, mais Robert arrêta son ami par le bras.

— Qu'est-ce donc? fit le comte.

— Je croyais, reprit tout bas Robert, que nous avions pris la résolution irrévocable de ne marquer à Petrus Ahnesorge, ni curiosité, ni étonnement, quoi qu'il arrivât ?

Karl, un peu honteux, essaya de prendre un ton dégagé.

— Il est vrai ! répliqua-t-il, mais trouvez-vous donc qu'il y ait rien de compromettant pour moi... pour nous... dans les courtes explications que le docteur vient de nous donner à propos de sa nièce ? Voyons, Robert, soyez franc ! Cette jeune fille vous a intéressé tout comme moi.

— Je ne le nie pas !

— Eh bien ! pour quelques heures que nous ayons à passer avec elle, peut-être, pourquoi dissimulerions-nous cet intérêt ?

— N'importe ! soyez prudent, Karl !

— Ne craignez rien. Dans le cas où mademoiselle Marguerite Hoeffer serait une sirène jetée sur ma route par le vieux médecin, pour m'attirer dans quelque abîme, ayant de tomber, j'y regarderais à deux fois !

Marguerite avait reçu avec des transports enfantins, des mains du comte, la branche de genêt. Elle s'occupait, lorsque ses compagnons la rejoignirent, de façonner cette branche en couronne. Le comte, dans un regard adressé à Robert, lui dit :

— Vous en conviendrez... pour une sirène... elle est bien naïve !

Les chevaux s'étaient remis à brûler le pavé. La voiture volait. Petrus Ahnesorge, comme accablé subitement par la pression d'un violent accès de fatigue, avait fermé les yeux et paraissait sommeiller. Marguerite souriait à Karl tout en parachevant sa coiffure champêtre... Robert réfléchissait mentalement à la bizarrerie du début de cette aventure... Quant à Karl, il se contentait d'admirer encore et toujours la jeune fille... si jolie, si séduisante, surtout quand elle souriait! Cependant le jour commençait à tomber; encore une heure, tout au plus, et l'on aurait atteint Eberswalde.

— Vos parents vous attendent avec impatience, sans doute, mademoiselle? dit Karl à Marguerite.

— Oh! oui, monsieur, repartit la jeune fille. Depuis deux ans bientôt qu'ils ne m'ont pas vue, songez donc! Ils vont être bien heureux de m'embrasser! Et je serai bien heureuse aussi de les serrer dans mes bras. Ils sont si bons! si aimables! Oh! vous verrez, monsieur, vous ne vous ennuierez point chez nous!... D'abord, mon oncle m'a dit qu'ils étaient ravis de votre visite, ainsi que de celle de monsieur votre ami...

— Ah! fit Robert, en poussant du coude le coude du comte, monsieur votre oncle vous a dit...

— Que vous passeriez une semaine ou deux chez nous, à Roderick. Mais oui, monsieur. Est-ce que telle n'est point votre intention?

— Si fait! si fait! mademoiselle!... Du moins telle était je crois l'intention de M. Karl Spréngel... car, pour moi, je ne fais que lui obéir en cette occasion.

Et à demi-voix encore, Robert penché vers Karl ajouta:

— Il paraît que nous passons une semaine ou deux chez monsieur et madame Hœffer.

— Il paraît, répéta gaiement Karl. Bah! si les parents sont aussi aimables que la fille est jolie, je ne pressens pas trop ce qu'il peut y avoir d'effrayant pour moi dans leur société!

Petrus Ahnesorge avait l'air, plus que jamais, plongé dans les douceurs du sommeil.

— Et, reprit Robert, — à l'exemple du comte, plus soucieux décidément de s'instruire que de garder la fidélité jurée à son serment de mutisme et de circonspection; — et... est-ce que monsieur votre père et madame votre mère habitent depuis longtemps Eberswalde, mademoiselle?

Marguerite parut chercher une seconde...

— Il y a quatre ans... oui, c'est bien cela... il y a quatre ans, répondit-elle, qu'ils s'y sont fixés.

— Alors, vous connaissez ce pays?

— Oh! certainement, monsieur.

— Mais avant d'habiter Eberswalde?...

— Avant d'habiter Eberswalde, nous habitions Berlin.

— Dans quel quartier? fit le comte.

La jeune fille chercha encore.

— Dans le quartier de Spandau, dit-elle enfin.

— Ah! alors, l'hôtel où nous avons été vous chercher...

— Appartient à mon père, oui, monsieur.

— A son père, Joachim Hoeffer, ancien capitaine de cavalerie des armées de Sa Majesté le roi de Prusse... A votre service, monsieur le comte!

C'était Petrus Ahnesorge qui, sans ouvrir la paupière, sans abandonner sa pose, dans le coin de la voiture, venait de prononcer ces paroles... Karl et Robert échangèrent, en se mordant les lèvres, un furtif coup d'œil. Le médecin ne dormait pas; il n'avait pas dormi, et il leur montrait, par son opportunité à se mêler à la conversation, qu'il était sur ses gardes s'il leur prenait trop envie de devenir curieux jusqu'à l'indiscrétion. Froissé, malgré lui, de cet incident, Karl ne put s'empêcher de s'écrier en raillant:

— C'est affaire à vous, docteur! Et vous avez une manière de reposer des plus commodes; elle ne vous empêche point de veiller!

— La manière des gens de mon métier, monsieur le comte, répliqua Petrus Ahnesorge, en rouvrant les yeux cette fois; si les médecins dormaient trop, les malades risqueraient souvent de ne point dormir assez.

. . . .

La voiture s'arrêtait. Petrus Ahnesorge regarda au dehors.

— Mais nous voici arrivés! s'écria-t-il. A la bonne heure! Nous avons été menés comme des princes, qu'en pensez-vous, messieurs? Avez-vous faim, monsieur le comte?

— Un peu, repartit Karl.

— Et vous, monsieur Huguet?

— Beaucoup, docteur.

— Bravo!... Ce cher Hoeffer est un gourmet! Nous allons trouver chez lui un souper dont vous me direz des nouvelles!

Le docteur et ses compagnons étaient descendus de la calèche.

— Monsieur le comte, reprit Ahnesorge, votre bras à ma nièce, je vous prie. Et en route, messieurs! Oh! ne vous inquiétez point! Avant deux minutes, maintenant, nous serons dans la salle à manger de mon beau-frère!

Le château de Roderick, propriété de M. Joachim Hoeffer, ancien capitaine de cavalerie, était une sorte de manoir de construction semi-gothique, situé au milieu d'un parc, enclos de murs de tous côtés. On pénétrait dans ce parc par une large grille, qu'un concierge s'était empressé d'ouvrir à deux battants, dès qu'il avait vu la calèche faire halte...

— Bonjour, Wilhelm; bonjour, mon brave, dit Petrus Ahnesorge, en passant le dernier devant le bonhomme, vous nous attendiez, je le vois?

— Oui, monsieur, répliqua le concierge; monsieur m'avait prévenu de votre arrivée, ainsi que de celle de mademoiselle et de deux de vos amis...

— Très-bien! Alors le souper doit être prêt aussi, j'espère!

— C'est probable, monsieur.

Petrus Ahnesorge rejoignit Karl, Robert et Marguerite, qui l'attendaient à quelques pas dans une allée toute jonchée de feuilles mortes que les premiers efforts de la bise d'hiver avaient arrachées aux arbres.

— Me voici, me voici, messieurs, fit-il.

Et s'adressant à la jeune fille d'un ton de doux reproche:

— Il me semble que vous n'avez pas dit le moindre mot d'amitié à ce pauvre Wilhelm, Marguerite, continua le médecin; c'est mal.

— Wilhelm? répéta Marguerite.

— Eh! sans doute, Wilhelm, un des plus anciens domestiques de votre père.

— Ah! vous avez raison, mon oncle, reprit la jeune fille, comme illuminée par un ressouvenir, c'est vilain ce que j'ai fait là; demain je réparerai ma faute, je vous le promets, en revenant causer un peu avec ce bon Wilhelm...

Nos personnages, tout en devisant ainsi, se rapprochaient du château, dont, à travers l'ombre naissante, on commençait à distinguer, à deux portées de fusil environ, la noire silhouette. Deux valets en grande livrée, avertis sans doute à l'avance de l'arrivée des voyageurs, les attendaient, porteurs de flambeaux, en haut d'un perron. Le comte regarda la jeune fille à son bras, au moment où les reflets de la lumière se jouaient sur son visage; elle lui parut fort calme en dépit de cette grande joie qu'elle avait manifestée une heure auparavant, à l'idée de se trouver bientôt avec ses parents. Du reste, il faut l'avouer, les parents, de leur côté, ne témoignaient pas non plus un empressement bien vif à l'occasion du retour, dans leur maison, de cette enfant dont ils avaient été séparés pendant deux années. Des domestiques, rien que des domestiques, pour la recevoir !

Cependant ces derniers avaient ouvert une porte sur la droite d'un vestibule auquel aboutissait le perron ; cette porte donnait sur un immense salon. L'un des valets fit entendre successivement, d'une voix sonore, ces quatre noms :

« Monsieur le comte Karl Sprengel. Monsieur Robert Huguet. Monsieur Petrus Ahnesorge. Mademoiselle Marguerite Hoeffer. »

Il y avait trois personnes dans le salon, trois personnes assises en face d'une cheminée où flambait un grand feu que la fraîcheur des soirées commençait à rendre nécessaire, surtout à la campagne ; ces trois personnes se composaient de deux hommes et d'une femme. Les deux hommes étaient le père et le frère de Marguerite ; MM. Aloysius et Edgard Hoeffer. La femme était la mère de la jeune fille, madame Catherine Hoeffer. Du moins, ce fut sous ce titre et ces noms, que le docteur Petrus Ahnesorge présenta ces trois personnes au comte Karl Sprengel et à Robert Huguet.

XXII

La famille Hoeffer.

Décidément, la famille Hoeffer ne brillait point par une surabondance de mouvements affectueux dans ses relations intimes ; loin de là ; on pouvait même dire que ces gens, s'ils s'aimaient, avaient une manière plus que raisonnable de s'aimer. Ainsi, lorsqu'après leur avoir présenté le comte et Robert, Petrus Ahnesorge avait dit à messieurs et à madame Hoeffer, en leur montrant Marguerite demeurée à l'écart :

— Voici la petite que j'ai ramenée, comme il était convenu...

M. Aloysius Hoeffer, invitant du geste la jeune fille à s'avancer, l'avait embrassée au front. Puis, à leur tour, la mère et le frère avaient donné, qui à sa fille, qui à sa sœur, un même baiser cérémonieux... Et tout avait été dit... de leur part. Du reste, Marguerite, de son côté, n'en avait pas dit davantage. Petrus Ahnesorge, comme s'il eût compris l'étonnement que devaient éprouver Karl et Robert en face de cette scène, Petrus Ahnesorge, se tournant vers les deux amis, s'écria en riant :

— Ma sœur, mon beau-frère et mon neveu ne vous paraissent point d'une nature fort expansive, n'est-il pas vrai, messieurs ? Mais il ne faut pas les juger sur l'apparence ; chez nous, par éducation comme par goût, il est admis que les marques trop désordonnées de tendresse sont chose inutile... ridicule même parfois.

Karl et Robert firent en même temps un geste qui signifiait : « Nous n'avons point à nous occuper de ces détails d'intérieur. »

— Au surplus, reprit le médecin, en fixant tour à tour son regard sur son beau-frère, sa sœur et son neveu, ces bons amis, pour être un peu froids, par principes, par habitude, n'en sont pas moins susceptibles des meilleurs sentiments ; n'est-ce pas, Aloysius, n'est-ce pas, Edgard, n'est-ce pas, Catherine, que vous êtes ravis tous trois que notre chère Marguerite ait pu enfin sortir du couvent ?

— Assurément, mon oncle, repartit le neveu.

Ces paroles, les premières qu'ils entendissent sortir de la bouche de leurs hôtes, furent prononcées d'un accent si singulier, que Robert et le comte en éprouvèrent une impres-

sion dont il leur eût été difficile de se rendre compte. On eût dit que ce n'étaient point des êtres vivants qui parlaient, mais des statues animées... des automates ! Les gestes même de ces trois individus avaient une régularité qui tenait plutôt de la mécanique que de la vie réelle. En cet instant, un des valets qui avaient introduit les voyageurs, reparut dans le salon pour annoncer que le souper était servi.

— Le souper ! Bravo ! fit Petrus Ahnesorge. A table, mesdames et messieurs.

On passa dans une salle à manger, de proportions aussi gigantesques que le salon, et meublée comme ce dernier à la mode du dernier siècle. Un couvert splendide y était dressé ; Karl prit place entre madame et mademoiselle Hoeffer. Robert s'assit entre le neveu et le beau-frère du médecin. Quatre valets, sous la direction d'un maître d'hôtel, faisaient le service du dîner ; un dîner des plus recherchés. Sous ce rapport, Petrus Ahnesorge ne s'était point trop avancé en vantant les penchants particuliers d'Aloysius Hoeffer. Sa table était digne d'un grand seigneur. Les commencements du repas furent — comme presque toujours et partout d'ailleurs, — assez silencieux. Aloysius Hoeffer et sa femme se contentaient de donner des ordres aux domestiques. Edgard Hoeffer mangeait... et mangeait beaucoup même. Marguerite semblait rêveuse. Le docteur paraissait également en proie à une secrète préoccupation. Quant au comte et à Robert, ils examinaient à la dérobée tous ces visages, les uns à peu près inconnus encore, les autres tout à fait nouveaux pour eux. Aloysius Hoeffer était un grand vieillard, au maintien assez distingué, à la physionomie assez noble. Madame Hoeffer pouvait avoir cinquante ans ; elle était encore assez belle après l'avoir été beaucoup assurément. Edgard Hoeffer avait une trentaine d'années ; ses traits étaient doux et réguliers ; ses allures comme sa mise sentaient l'artiste. Le résultat de l'inspection mentale de nos deux amis était donc moins contraire que favorable à leurs hôtes ; cependant, à table, comme lors du premier moment de leur présentation, Karl et Robert, sans pouvoir définir au juste ni l'un ni l'autre l'effet que produisaient sur eux ces trois personnages, éprouvaient une sorte de gêne répulsive en leur compagnie. Ce que je vais dire là semblera bizarre et, pourtant, je ne saurais mieux rendre la pensée du comte et de Robert au début du dîner : ils avaient besoin d'entendre parler les trois Hoeffer, père, mère et frère, pour être bien convaincus que ces individus savaient parler... comme ils savaient manger et boire.

Le second service venait de disparaître de la table. C'est le moment d'ordinaire où, les premiers besoins de l'estomac satisfaits, amphitryons et convives se prennent à causer. Petrus Ahnesorge, le premier, donna le signal.

— Allons ! Aloysius, s'écria-t-il gaiement ; allons Catherine, allons Edgard ! Rompons un peu la glace, que diable ! Nous avons l'air d'assister à un festin d'enterrement, ma parole d'honneur, et M. le comte Sprengel et son ami, si vous continuez de garder tant de réserve, m'accuseront d'avoir une famille peu divertissante. Aloysius, parlez-nous un peu de vos campagnes sous notre grand roi Frédéric-Guillaume III, je vous prie. M. Robert Huguet est Français... mais il ne vous saura point mauvais gré de lui rappeler ces belles batailles de Hagueneau, de Lutzen, de Bautzen, de Wurtemberg, où ses compatriotes, tout en trouvant la victoire, trouvèrent aussi des ennemis dignes d'eux. Edgard, mon cher neveu, mon jeune Raphaël en herbe...—car je vous en avertis, monsieur Robert, vous avez affaire à un artiste qui ira loin, je l'espère !... — Edgard, où en êtes-vous de ce grand tableau de sainteté que vous avez commencé il y a un mois? Et vous, ma sœur, ma bonne Catherine, souriez un peu, de grâce, souriez, —quand ce ne serait que pour nous prouver que vous savez sourire, — à cette jolie Marguerite, votre fille bien-aimée, que voici revenue dans vos bras. Ah! Marguerite, vous allez reprendre avec votre chère mère vos promenades matinales de chaque jour dans le parc... et vos parties de broderie, à deux, le soir, à la lueur de la lampe!

Eh! eh! Vincent, du vin, du vin de Champagne, dans toutes les coupes, mon garçon. Et que les regards s'animent que les langues se délient! Je le désire, je le veux!... Vous m'entendez, ma sœur, et vous aussi, mon frère et mon neveu; vous m'entendez! *Je le veux.*

À cette allocution du docteur, Aloysius, Edgard et Catherine Hoeffer, comme surexcités soudainement par une puissance étrange, avaient relevé, l'un après l'autre, la tête. Leurs yeux, suivant le désir, l'ordre de Petrus Ahnesorge, s'étaient animés...

— Il faut nous excuser, messieurs, dit Aloysius en s'adressant, d'un ton de parfaite courtoisie, à Karl et à Robert; il faut nous excuser, mais depuis quelques années que nous vivons, ma femme et mes enfants, fort éloignés du monde, nous avons peut-être, malgré nous, tourné quelque peu aux sauvages, aux Hurons. Cependant, si, comme mon cher beau-frère me l'a donné à espérer, vous nous faites l'honneur de passer quelques jours parmi nous, nous tâcherons de vous empêcher de regretter le temps que vous aurez daigné nous donner. Êtes-vous amateurs de la chasse, messieurs?

— Mais je chasse volontiers, repartit le comte.

— A merveille. Le parc et les terres qui en dépendent abondent en gibier de toutes sortes; Edgard, c'est toi que je charge de tout préparer, après-demain, pour une chasse au sanglier.

— Il suffit, mon père.

— Et si ces messieurs aiment la musique, dit madame Hoeffer, il faudra, Edgard, que vous décidiez votre ami Franck Schwartz à nous donner, un de ces soirs, un échantillon de son talent.

— Qu'est-ce que Franck Schwartz? répliqua le comte.

— Un pianiste de premier ordre, monsieur, reprit Edgard; c'est lui qui a donné à ma sœur des leçons d'harmonie.

— Ah! mademoiselle est musicienne?

C'était Robert qui adressait ces mots à Marguerite.

— Je l'étais, repartit la jeune fille, mais pendant les deux années que j'ai perdues au couvent j'ai si peu pratiqué!...

— Chut! chut! petite, interrompit Petrus Ahnesorge d'une voix grave, le couvent est loin... ne nous en occupons plus; avec quelques jours de travail, vous aurez bientôt recouvré toutes vos forces, j'en suis sûr.

— Et ce M. Franck Schwartz, votre ami, monsieur, dit vivement Karl, qui vit Marguerite rougir à l'espèce d'admonestation de son oncle, est-ce qu'il habite Eberswalde?

— Il habite Roderick, monsieur, il habite avec nous; seulement... il est d'un caractère si farouche!... En apprenant tantôt que nous attendions du monde aujourd'hui, il s'est enfermé dans sa chambre... et malgré toutes mes prières...

— Bon, bon, fit Petrus Ahnesorge, j'irai moi-même le chercher, ce beau ténébreux. Aloysius, faites donc goûter à ces messieurs de ce vieux vin d'Alicante que j'aime tant. Mon cher, vous êtes un égoïste, vous gardez vos trésors pour vous, vraiment!

— Oh! cher frère, quelle mauvaise opinion avez-vous donc de moi? Mais j'ai ordonné qu'on montât deux bouteilles de votre vin favori; demandez à Vincent.

Le valet s'avançait, portant en effet un flacon de la liqueur préférée du docteur.

— Et vous avez fait une partie des campagnes contre l'Empire, monsieur? dit, à Aloysius, Robert Huguet qui préférait qu'on s'occupât de batailles que de vins.

— Oui, monsieur, oui, répliqua Aloysius en se redressant non sans quelque orgueil, j'étais en Saxe en 1813; j'ai combattu les Français en Silésie et dans le Brandebourg; j'étais à la prise de Leipsig et au passage du Rhin en 1814... C'est au passage du Rhin que je reçus en pleine poitrine une blessure qui m'obligea à prendre ma retraite, hélas!...

Le vieux soldat poussa un soupir.

— Allons, allons, mon ami, s'écria madame Hoeffer, vous aviez assez fait pour votre pays, le repos vous était nécessaire. En vérité, avec vos hélas! vous donneriez presque à supposer à ces messieurs que vous regrettez la vie des camps. N'êtes-vous pas plus heureux ici qu'à l'armée; d'ailleurs que feriez-vous à l'armée, puisqu'on ne se bat plus maintenant?

— Je ne regrette rien, ma chère Catherine, murmura Aloysius; certes, je ne regrette rien, près de vous... près de mon fils... Et à cette heure que notre Marguerite est réunie à nous, j'ai moins que jamais lieu de me plaindre du sort. Pauvre petite! sois tranquille, nous te dédommagerons des deux tristes années d'esclavage que tu viens de passer! Mais le café nous attend au salon; messieurs, s'il vous plaît de venir l'y prendre... Petrus, puisque vous avez été assez bon pour vous charger de nous amener Franck Schwartz... Edgard va vous accompagner jusqu'à sa chambre, tenez... Oh! je tiens à ce que ces messieurs entendent notre grand artiste.

— Soit, mon bon Aloysius; je cours à la conquête de M. Franck, avec Edgard. Je vous rejoins au salon.

A l'exemple du maître de la maison, le comte et Robert, offrant de nouveau leur bras à madame et à mademoiselle Hoeffer, avaient quitté la salle à manger pour retourner au salon.

— Il paraît, dit à part Robert à Karl, tout en humant son café dans une délicieuse tasse de porcelaine de Sèvres, il paraît que le docteur n'a qu'à vouloir pour... rompre la glace... suivant sa propre expression. Que pensez-vous de cette famille Hoeffer où nous voilà implantés pour longtemps je suppose, cher comte? Ne trouvez-vous pas, comme moi, que tous ces gens-là, depuis l'ex-capitaine de cavalerie, jusqu'au Raphaël en herbe, ont par moments de curieuses lueurs dans la physionomie? Ne trouvez-vous pas qu'il y a dans leur langage, dans leurs façons, quelque chose de gens à qui l'on a appris un rôle à débiter? Parbleu, je ne serais pas fâché de voir les œuvres de M. Edgard Hoeffer, pour me convaincre qu'il est peintre, mieux que ne m'a convaincu son père qu'il a été soldat.

Le comte écoutait attentivement son ami.

— Vous croyez donc, Robert, répliqua-t-il, qu'il se joue ici une comédie?

— Ne le croyez-vous pas comme moi, Karl?

— Si, franchement; comme vous ces gens m'étonnent... aucun d'eux ne me semble fait pour le personnage qu'il représente.

— A la bonne heure, vous êtes entièrement de mon avis, mais...

— Mais taisez-vous; nous reprendrons cet entretien quand nous serons seuls; voici Petrus Ahnesorge qui rentre avec le fameux pianiste annoncé.

— Oh! la singulière figure!

— Singulière, en vérité, Robert!... mais marquée dans son originalité au coin du génie, nous devons en convenir.

Franck Schwartz, celui dont l'arrivée dans le salon avait ainsi provoqué un redoublement de surprise, de la part des deux amis, Franck Schwartz était un jeune homme de vingt-quatre à vingt-cinq ans, de taille moyenne et bien prise, mais d'une maigreur telle qu'on se sentait saisi, à son aspect, d'une sorte de terreur mêlée de compassion. Il était blond, et une barbe touffue, sur les côtés de laquelle retombaient les boucles d'une épaisse chevelure, donnait encore à son visage hâve et malingre un caractère plus excentrique. Il salua d'un air contraint et s'assit au bout du salon.

— Franck, lui cria Aloysius Hoeffer, avez-vous dîné?

— Oui; repartit laconiquement le jeune homme.

— Ah !... et ne prendrez-vous pas le café avec nous?

— Non.

— Un verre de liqueur?

— Non.

Petrus Ahnesorge n'avait pas quitté Franck.

— Vous avez raison, mon ami, fit le médecin en posant sa main sur l'épaule du jeune homme; vous avez raison de vous abstenir de liqueurs et de café... cela ne convient point à votre organisation nerveuse... mais ce que je blâme chez vous, c'est cette timidité... farouche, qui vous prive le plus souvent de relations agréables. Voici M. le comte Sprengel et M. Robert Huguet, deux hôtes de vos bons amis Hoeffer, avec lesquels vous deviez vous trouver très-honoré de dîner... au lieu de dîner tout seul dans votre chambre. Je compte bien que, demain, pareil acte d'enfantillage ne se renouvellera point, n'est-il pas vrai?

Franck Schwartz, sur le front duquel Robert, plus rapproché de lui que le comte, voyait distinctement perler de grosses gouttes de sueur, tandis que Petrus Ahnesorge lui parlait de la sorte, plutôt en précepteur qu'en ami, Franck Schwartz balbutia avec peine quelques mots d'excuses...

— C'est bien, c'est bien! reprit le médecin d'un accent moins rude, j'accepte... nous acceptons vos regrets, Franck. Mais le meilleur moyen de vous faire pardonner de tous, c'est de vous mettre au piano.

— Tout de suite, monsieur, tout de suite! fit le jeune homme.

Il marcha vers l'instrument, l'ouvrit lentement et prit place. Un silence religieux régnait dans le salon. Chacun des membres de la famille Hoeffer, tout comme le comte et son ami, avait les yeux tournés du côté du musicien. Celui-ci préluda d'abord par quelques-uns de ces accords qui donnent aux connaisseurs la mesure du talent de l'exécutant; ses doigts tremblaient pourtant en courant sur le clavier; mais, au bout de quelques secondes, l'agitation à laquelle Franck semblait en proie se calma. Après les accords il avait entamé une manière d'ouverture d'un genre large et grandiose; l'ouverture achevée il attaqua le motif. C'était une rêverie douce et tendre quelquefois comme la plainte d'un enfant; quelquefois terrible et sombre comme une menace de démon... Sous le charme de la mélodie, Karl et Robert avaient absolument oublié où ils étaient; le regard fixe, le corps immobile, la bouche entr'ouverte, ils écoutaient l'artiste et ils faisaient mieux que d'admirer... ils se passionnaient pour cette musique telle qu'ils ne se rappelaient point en avoir jamais entendu de pareille. Franck Schwartz joua près de vingt-cinq minutes, et, pendant vingt-cinq minutes, personne ne songea à l'interrompre; Petrus Ahnesorge lui-même ne cachait point le plaisir qu'il éprouvait: accoudé à la muraille près du piano, il dévorait, pour ainsi dire, des oreilles, chaque phrase délicieuse dictée à l'artiste par son inspiration. Enfin, à bout de forces plutôt qu'à bout de pensées, Franck Schwartz s'arrêta haletant... Et un tonnerre d'applaudissements retentit dans le salon...

Marguerite n'applaudit point, elle; elle avait enseveli sa figure dans ses mains et elle pleurait...

— Qu'avez-vous, mademoiselle? lui dit tout bas Karl Sprengel.

La jeune fille jeta un rapide regard sur le comte, puis sur Petrus Ahnesorge, et essuyant vivement ses larmes:

— Je n'ai rien, monsieur, je n'ai rien.

Et elle ajouta à demi-voix, en se levant et en passant rapide devant le comte, pour rejoindre Franck:

— Je vous le dirai... ce soir... dans votre chambre. Je vous dirai pourquoi j'ai pleuré, entendez-vous? Attendez-moi.

XXIII

Une visite imprévue.

Onze heures sonnaient comme Franck Schwartz quittait le piano.

— Onze heures! s'écria Petrus Ahnesorge, déjà?

Il fit un signe à son beau-frère; Aloysius Hoeffer vint à Karl et à Robert.

— Vous devez être un peu fatigués de votre voyage, messieurs, leur dit-il; le repos vous sera agréable, je pense; on va vous conduire à vos appartements.

Le comte était encore tellement préoccupé de la promesse inattendue que Marguerite venait de lui faire une seconde auparavant, qu'il ne trouva rien à répliquer à son hôte. Deux domestiques, porteurs de deux candélabres, attendaient à la porte du salon. Karl et Robert, après avoir répondu au salut de tous, se disposaient à suivre leurs guides...

— Ah! cher comte, si vous le permettez, fit Petrus Ahnesorge en prenant le bras de Karl, je vous dirai quelques mots chez vous.

— Soit, monsieur; répliqua le comte.

Précédés des valets et accompagnés du médecin, les deux amis avaient gravi un escalier aux larges et hautes marches, à rampe de fer. L'appartement de Karl et celui de Robert étaient situés au premier étage, en face l'un de l'autre; chacun de ces appartements, décoré avec un luxe sévère, se composait d'une antichambre, d'un salon, d'une chambre à coucher et d'un cabinet de toilette.

— Suis-je de trop, docteur? dit Robert, au moment où Petrus Ahnesorge se disposait à entrer avec le comte dans l'appartement destiné à ce dernier.

— Du tout, monsieur, du tout, fit Petrus Ahnesorge; venez donc, je vous en supplie.

Les domestiques s'étaient retirés.

— Qu'est-ce, docteur? fit le comte en allumant un cigare à la flamme d'une bougie. Qu'avez-vous à me dire?

Petrus Ahnesorge s'inclina.

— J'ai à vous dire, monsieur le comte, répliqua-t-il, que je vous souhaite une bonne nuit d'abord... et beaucoup de plaisir ensuite, tous ces jours-ci, en société de ma famille.

— Comment! reprit Karl, qui ne put dissimuler sa surprise, mais vous nous parlez là, docteur, comme si vous vous prépariez à nous quitter.

Petrus Ahnesorge sourit.

— Je vous quitte, en effet, messieurs.

— Ce soir?

— A l'instant même!

— Mais...

Le médecin posa un doigt sur ses lèvres.

— C'est juste, dit le comte, je ne me souvenais plus que vous ne me devez point d'explications, monsieur.

— J'aime à voir, monsieur le comte, reprit Petrus Ahne-

sorge, que vous êtes un observateur fidèle des traités. Pendant quinze jours, quinze jours entiers, vous avez juré de vous soumettre à ma volonté; vous vous soumettez. Mes félicitations sincères, monsieur le comte. On n'est pas plus beau joueur. Au surplus, jusqu'ici vous n'avez point à vous plaindre de ma façon d'agir, je pense? Ma famille, sans être un modèle de gaieté et d'entrain, peut-être, en vaut beaucoup d'autres, n'est-il pas vrai?

Karl Sprengel sourit à son tour.

— Monsieur Petrus Ahnesorge, fit-il, si, d'après nos conventions, il m'est défendu de vous interroger sur vos projets... il n'a pas été stipulé, non plus, que je sache, que je serais contraint de vous faire part de mes observations... au sujet des lieux où il vous plairait de me conduire... des personnes avec lesquelles vous jugeriez utile de me faire vivre pendant un temps d'épreuves?

Le médecin secoua affirmativement la tête.

— Ceci est très-vrai, dit-il. Vous êtes assurément dans votre droit, monsieur le comte, en gardant pour vous votre opinion sur les incidents, les personnages auxquels vous vous trouvez mêlé par le fait de notre gageure! Je vous réitère donc mes adieux, monsieur le comte, ainsi qu'à vous, monsieur Robert Huguet.

— Adieu, docteur, firent les deux amis.

Petrus Ahnesorge se dirigeait vers la porte; sur le point de sortir :

— Ah! un dernier mot, pourtant, avant de m'éloigner, dit-il. S'il vous était agréable, monsieur le comte, d'écrire à madame la comtesse en datant votre lettre d'Eberswalde, sur le territoire duquel, d'ailleurs, s'élève ce château... vous avez toute liberté.

— Je vous remercie, monsieur, répliqua sèchement le comte. J'userai peut-être de la faveur que vous m'accordez.

Le médecin avait disparu. Karl et Robert étaient seuls.

— Ah! s'écria le comte en dirigeant son poing fermé du côté par lequel Petrus Ahnesorge s'était éloigné, je ne sais ce que tu machines contre moi, misérable vieillard, pour mériter la reconnaissance de ta protégée; mais je jure Dieu que, notre pacte terminé, je te ferai payer cher et tes impertinences et l'esclavage que tu m'imposes!

— Ta, ta, ta! fit Robert. Est-il permis de se plaindre lorsque c'est par sa propre faute qu'on souffre, mon cher Karl? Vous avez inconsidérément accepté de devenir le héros d'un roman, d'un drame, dont un vieux fou, en société d'une méchante fille, a esquissé le plan; il n'y a que deux façons de sortir de là.

— Je n'en connais qu'une, moi, Robert : patienter.

— C'est la plus loyale, il est vrai. Mais la seconde, pour n'avoir point le même mérite, n'en est peut-être pas plus à dédaigner. Le bel avantage de demeurer, ainsi que vous le disiez tout à l'heure, esclave, quand on n'a qu'à vouloir pour recouvrer la liberté!

Le comte arrêta sur son ami un regard stupéfait.

— C'est vous qui me conseilleriez de céder honteusement la partie à Petrus Ahnesorge, Robert!

— Eh bien! oui, oui! répliqua vivement Robert; c'est moi, c'est moi, Karl, qui vous dis : il y a, à une quinzaine de lieues d'ici, deux femmes et un enfant; votre femme, votre sœur et votre fille, que vous avez laissées seules... et que vous allez abandonner longtemps encore, peut-être. Karl, mon cher Karl, croyez-moi!... Qu'il n'y ait dans tout ceci qu'une simple plaisanterie, ou qu'il y ait vraiment un complot... mystérieux... tramé contre vous, revenez sur vos pas; il n'y a point de honte, il n'y a point de lâcheté, en certaines occasions, à fuir le péril, et...

— Et, à votre avis, alors, interrompit le comte, à votre avis, Robert, décidément il y a donc péril pour moi dans cette aventure?

Robert allait répondre, Karl ne lui en laissa pas le temps.

— Plus un mot, mon ami, continua-t-il... je vous en prie... je vous l'ordonne ! Je ne vous le cache pas, Robert, je me reproche maintenant d'avoir engagé ma parole dans cette affaire... Non point que j'y suppose, comme vous, un résultat fâcheux pour moi, mais parce qu'il me paraît indigne de ma position.,. de mon nom... de m'être prêté à des exigences étrangères ! Mais... — nous ne reviendrons plus jamais là-dessus, n'est-ce pas, Robert ? — mais, je vous l'ai déjà dit, ma parole est sacrée. Dussé-je prêter à rire à tout Berlin au dénouement de cette comédie, dont je joue le mauvais rôle, je ne faillirai point à ma promesse. Sur ce, causons tranquillement de la famille Hoeffer, voulez-vous ?

Robert, qui s'était assis près du feu, se leva.

— Non, dit-il. Si cela ne vous contrarie pas, Karl, puisque nous ne saurions nous entendre sur le fond, nous remettrons à demain matin notre causerie sur la forme. Tout ce que je puis vous dire, c'est que cette famille Hoeffer me plaît médiocrement... et que je redoute fort, si je me trouve dans l'obligation de passer quinze jours avec eux, de périr d'ennui à la peine. Heureusement il nous sera permis, je pense, de sortir de temps en temps du château de Roderick.

— Sans doute ! Et demain matin, sans plus tarder, nous nous rendrons jusqu'à mes forges.

— A la bonne heure; par là, du moins, nous causerons avec de braves ouvriers, au lieu de causer avec des capitaines de cavalerie, des peintres et des musiciens de convention.

— Comment ! Vous penseriez... Mais ce Franck Schwartz est un grand artiste, vous en conviendrez pourtant ?

— Oui, ce Franck Schwartz est un grand artiste ! Mais pourquoi, comme Aloysius Hoeffer, et sa femme et ses enfants a-t-il l'air, en présence de Petrus Ahnesorge, d'une marionnette animée... à laquelle le médecin dicterait les phrases qu'elle doit prononcer ? Tenez ! Karl... puisque le sort en est jeté... accomplissons donc bravement notre devoir... si devoir il y a... de fous, tendant volontairement l'échine aux coups qui doivent les frapper !... Mais...

Robert s'interrompit brusquement en se frottant le front et les yeux.

— C'est bizarre, dit-il... je n'ai jamais éprouvé ce que j'éprouve en ce moment : un besoin si impérieux de sommeil... que, malgré mes efforts, il m'est impossible de le combattre !

— C'est la fatigue du voyage, sans doute !

— Oh ! j'ai voyagé plus que cela sans que... Et vous, Karl, est-ce que vous ne ressentez pas aussi...

— Moi !... je n'ai nullement envie de dormir, je vous jure...

— Ah !... Mais non ! non !... Cette torpeur qui envahit de plus en plus mon cerveau n'est pas naturelle ! Il faut qu'on ait eu intérêt à me séparer de vous cette nuit, au cas où nous aurions voulu la passer ensemble !...

Le comte, qui se rappela soudainement le rendez-vous que lui avait donné Marguerite pour cette nuit, le comte jeta une exclamation. Robert avait deviné peut-être. Si ce rendez-vous entrait dans le plan de campagne de Petrus Ahnesorge, il avait peut-être songé à en écarter un témoin gênant.

— Qu'est-ce donc ? fit Robert.

— Rien ! rien ! répliqua Karl qui ne voulut pas alarmer son ami en lui confiant sa pensée. Je disais que vos craintes vous entraînent à des suppositions futiles, Robert. A quel propos aurait-on voulu vous séparer de moi? D'ailleurs, notre intention n'était point de rester toute la nuit debout... comme des gens qui appréhendent d'être assassinés... Je vais vous reconduire jusqu'à votre appartement.

— Volontiers... Car je n'en aurais pas la force tout seul.

Karl avait pris le bras de Robert; ils traversèrent ensemble le corridor qui séparait leurs appartements. Arrivé à sa chambre à coucher, Robert gagna son lit, d'un pas chancelant, et se laissa tomber dessus tout habillé... Il y était à peine étendu qu'il dormait... d'un sommeil des plus paisibles d'ailleurs.

— Étrange, étrange, en effet ! murmura le comte, les yeux fixés sur le visage de son ami.

Puis, haussant les épaules en souriant :

— Bah ! reprit-il, vous allez voir qu'on aura endormi ce cher garçon tout exprès pour me laisser seul en butte aux visites de fantômes ou de brigands !... Allons ! c'est aussi donner le champ trop vaste à Petrus Ahnesorge, que de croire à de pareilles niaiseries ! Robert dort, parce qu'il aura bu un peu trop de vin de Champagne, voilà tout ! Et nous allons bien voir maintenant... — que Marguerite vienne chez moi de son plein gré ou pour obéir à son oncle, — nous allons bien voir ce qu'elle attend de cette entrevue !

Un horloge sonnait minuit lorsque le comte rentra dans son appartement, dont il ferma la porte à clé. Il s'assit près du feu, et tout en continuant de fumer le délicieux havane qu'il avait pris dans une élégante boîte en bois de rose, où il se trouvait en compagnie d'une centaine d'autres, sur une table placée au milieu de la chambre à coucher, le comte se mit à passer une sorte d'inspection autour de lui. La chambre à coucher, nous l'avons dit, d'un aspect un peu sévère comme ameublement, n'avait rien de bien extraordinaire en soi. Un lit à colonnes, abrité par de larges rideaux en damas ; deux fauteuils, où deux personnes se fussent assises à l'aise ; une espèce de bahut sculpté, au-dessus duquel se dressait une magnifique glace de Venise. Tel était cet ameublement. Son inspection terminée, le comte, tout en chassant de sa bouche des flots de fumée qui montèrent en spirales bleuâtres vers le plafond, récapitulait mentalement les événements de la journée et de la soirée. Tout à coup, il tressaillit. On marchait derrière lui. Il se retourna. Marguerite était là.

— Vous ! vous ! mademoiselle, s'écria le comte.

Et son regard, errant de tous côtés sans trouver d'issue, disait à la jeune fille : « Par où donc êtes-vous entrée ? » Marguerite montra du doigt une tapisserie au pied du lit du comte. Le comte alla soulever cette tapisserie et aperçut une petite porte coupée dans la boiserie.

— Et cette porte, fit-il, cette porte donne...

— Sur mon appartement, répliqua la jeune fille en rougissant.

— Sur votre appartement ! répéta Karl interdit. — Il se demandait à quel propos ce rapprochement au moins risqué. Cependant Marguerite demeurait immobile au milieu de la chambre. Le comte revint à elle, lui prit la main et voulut la conduire près du feu.

— Non ! non ! murmura Marguerite en repoussant Karl avec une sorte d'effroi, non !... Je n'ai que peu de chose à vous dire, monsieur, il est inutile que je m'asseoie.

— Soit, mademoiselle, repartit le comte, surpris du mouvement de la jeune fille. Parlez donc, je vous écoute. Si j'ai bonne mémoire, vous venez pour m'expliquer le motif de vos larmes... il y a une heure... lorsque M. Franck Schwartz a exécuté devant nous ce délicieux morceau de sa composition ; est-ce cela, mademoiselle ?

— C'est cela, monsieur.

— Eh bien ?...

— Eh bien !... Je vais accomplir ma promesse, monsieur ; vous allez savoir pourquoi j'ai pleuré. J'ai pleuré...

Marguerite hésita.

— Parce que la musique vous émotionnait sans doute ? dit Karl.

Marguerite secoua négativement la tête.

— Non reprit-elle, non ! La musique n'était pour rien dans ma douleur !

J'ai pleuré, monsieur le comte, parce que...

— Parce que ?

La jeune fille s'arrêta de nouveau. Karl qui la regardait la vit pâlir et frissonner subitement, en même temps que ses yeux, tournés vers l'angle de la chambre, se fermaient comme sous le coup d'une apparition terrible.

— Qu'avez-vous donc, mademoiselle ? s'écria Karl en tournant à son tour les yeux du côté où il était supposable que Marguerite avait aperçu l'apparition.

Cependant il ne vit rien... absolument rien, lui. Seulement, quand il reporta de nouveau son regard sur Marguerite, sa surprise redoubla. En une seconde la physionomie de la jeune fille s'était transformée du tout au tout. Tout à l'heure elle était sérieuse, presque solennelle ; maintenant, elle était riante, enjouée, séduisante...

— Au fait ! dit-elle, en se dégageant, par un geste plein de coquetterie, d'une sorte de mante de soie dans laquelle jusque-là elle s'était tenue enveloppée, au fait, puisque nous avons à causer tous deux, monsieur le comte, je ne vois pas pourquoi ne nous asseoirions-nous pas en face de ce bon feu !... Vous n'êtes pas pressé de vous coucher, n'est-il pas vrai ? Dormir ! fi ! cela est si ennuyeux ! Tenez ! mettez-vous là... près de moi !... Oh ! vous pouvez continuer de fumer ! J'adore l'odeur du cigare !

En parlant ainsi, Marguerite, qui n'avait sous sa mante, qu'un simple peignoir de mousseline blanche, voilant, sans les cacher entièrement, une poitrine, des épaules et des bras de nymphe, Marguerite était tombée dans un fauteuil. Son pied mignon et cambré, chaussé d'une mule que Cendrillon eut enviée, son pied reposait sur un des chenets, laissant voir un bas de jambe à damner un saint. Karl était au comble de la stupéfaction ; il contemplait la jeune fille en se demandant s'il n'était pas le jouet d'un songe... et si c'était bien la même à laquelle il avait parlé une minute auparavant. Marguerite devina la pensée du comte, car elle reprit plus gravement :

— Je vous étonne, n'est-ce pas, monsieur le comte ? Vous me trouvez bien folle, bien légère, sans doute ! Il faut me pardonner ces défauts en faveur du sentiment qui me pousse, en cet instant, vers vous. Je veux... je désire que vous deveniez mon ami, monsieur le comte, et c'est parce que je vous considère déjà comme tel que je me laisse aller sans contrainte, en votre présence, aux diverses impressions qui m'agitent. J'étais venue ici toute triste, toute désolée, il est vrai ; est-ce à votre aspect que je dois déjà d'avoir oublié mon chagrin, je l'ignore ! Quoi qu'il en soit... je vous en prie... asseyez-vous et écoutez-moi... A moins cependant... — et en ce cas je vous serais obligée de me l'avouer tout de suite... — à moins qu'il ne vous déplaise, contre mon attente, d'être mon confident... mon conseiller ?

Avant que l'étrange créature n'eût achevé ces mots, Karl avait pris place à ses côtés. Ange ou démon, elle était si jolie !

— Je m'attendais à être le dépositaire de vos larmes, mademoiselle, dit-il, je serai le dépositaire de vos joies ; à tout prendre, je préfère cette seconde tâche à la première, croyez-le bien.

— Mes joies ! répéta Marguerite avec un soupir...

— Ah ! ah ! nous revenons donc à la tristesse.

— Non ! non ! reprit vivement la jeune fille... si je suis triste maintenant, ce ne sera qu'en me souvenant... Et il se peut que je ne me souvienne plus bientôt ! Et cela grâce à vous, monsieur !

— Grâce à moi ? répliqua Karl.

Et il ajouta après un silence :

— Pardon, mademoiselle; mais n'êtes-vous point d'avis que, depuis quelques minutes que nous sommes ensemble, nous avons l'air de jouer aux propos interrompus?

Marguerite éclata de rire.

— Vous avez raison, monsieur le comte, dit-elle; et ce jeu ne vous amuse pas peut-être?

Karl fit un geste négatif.

— Franchement, reprit-il, j'aimerais mieux savoir en quoi je puis vous être utile... et agréable, si faire se peut.

— Je m'explique donc, monsieur le comte, dit Marguerite. Et, tranquillisez-vous... je m'explique en quelques mots. Monsieur le comte, vous n'êtes pas sans avoir remarqué, je suppose, l'accueil plus que glacial qui m'a été fait aujourd'hui à mon retour dans ma famille?

Karl s'inclina.

— La cause de cet accueil, la voici, continua Marguerite. Mon oncle vous a trompé, monsieur, en vous disant que l'on m'avait mise au couvent pour obéir aux vœux d'une parente qui avait imposé cette condition aux miens pour leur laisser sa fortune. J'ai été mise au couvent en punition d'une faute, monsieur le comte.

— D'une faute?

— Oui!... Oh! vous voyez que cette faute n'avait rien de honteux, puisque je ne crains point de l'avouer! J'aimais... j'aimais un jeune homme... que l'on ne voulait point, malgré mes prières, me donner pour mari. Le couvent a été la prison où, pendant deux années, j'ai pu réfléchir à l'inconvénient qu'il y avait d'aimer... contre l'assentiment de sa famille.

— Cependant, mademoiselle, vos parents, touchés de repentir, sans doute, ont fini par comprendre qu'ils usaient trop cruellement de leurs droits, puisqu'ils vous ont rendue au monde?

Un nouveau soupir s'échappa de la poitrine de Marguerite.

— Mes parents ne se sont point repentis, monsieur, reprit-elle, et s'ils m'ont rendue au monde, c'est qu'ils n'y voyaient plus de danger pour mon cœur.

— Comment cela?

La jeune fille courba la tête.

— Il y a un mois, murmura-t-elle, que... celui que j'aimais... est mort.

— Ah! pauvre enfant! pauvre enfant! dit Karl en serrant avec une compassion réelle dans ses mains les mains de Marguerite.

— Oui, pauvre enfant, continua cette dernière. Oui, j'ai bien pleuré, allez, monsieur le comte, en apprenant que Ludovic... mon cher Ludovic, n'était plus! Oh! s'il n'eût dépendu que de moi, alors que l'affreuse nouvelle m'arriva, cette prison, ce cloître où l'on m'avait jetée, j'y fusse restée éternellement!... Mais mon oncle, mon digne oncle, M. Petrus Ahnesorge, le seul qui ait eu pitié de ma douleur autrefois, a réussi par ses bonnes paroles à me faire revenir sur une décision... qui le désolait. Pendant près d'un mois, pourtant, ç'a été vainement qu'il m'a suppliée! Enfin... il y a quatre jours... il m'a convaincue. J'ai écrit à mon père, à ma mère, que je consentais à revenir dans leur maison... M'y voici... et j'y resterai! J'y resterai surtout, parce que, pour me récompenser, peut-être, de tout ce que j'ai souffert, j'ai trouvé en venant ici...

Marguerite avait fixé ses beaux yeux sur les yeux de Karl.

— Vous avez trouvé? dit celui-ci.

— Un ami, je l'espère, s'écria la jeune fille, et un ami qui réunit en lui tout ce qu'il faut pour me consoler. Tenez, monsieur le comte.

Marguerite avait tiré de sa poche un médaillon renfermé dans un écrin... Elle se leva, et posant l'écrin sur le marbre de la cheminée :

— Quand je ne serai plus là, poursuivit-elle, vous regarderez ce portrait... Celui de Ludovic Gunther. Et, en regardant ce portrait, vous comprendrez pourquoi... à défaut d'un autre titre à vous donner... parce que vous êtes marié, je le sais... je serai heureuse de vous appeler mon ami!

Marguerite avait déjà fait quelques pas vers la petite porte par laquelle elle était entrée chez le comte. Celui-ci, impatient de connaître un secret dont la prescience lui causait certaine émotion, avait saisi le médaillon.

— Pas encore! pas encore! fit Marguerite avec un geste de prière.

Karl s'avança vers elle.

— Eh bien! j'y consens, dit-il... je n'ouvrirai cette boîte que lorsque vous serez partie! Mais qui vous force à partir si vite? Nous étions si bien... près l'un de l'autre ainsi...

La jeune fille parut incertaine...

— Le chapitre des confidences est achevé... ou à peu près... reprit le comte... mais celui de la causerie, pourquoi le serait-il? Voyez, Marguerite, le feu brille ardent et clair... la nuit est calme... tout repose autour de nous! Restez! restez quelques minutes encore!

Marguerite se consultait toujours... Mais, tout d'un coup :

— Non! non! s'écria-t-elle, non! Avant tout, je veux que vous me disiez que vous ne me méprisez pas! Adieu! au revoir! à demain!

Et bondissant vers la tapisserie derrière laquelle elle disparut, Marguerite, pour n'être point suivie sans doute, tira la porte après elle, et, sur la porte, un double verrou. Karl, un instant décontenancé par cette fuite inattendue, revint vers la cheminée, prit l'écrin et l'ouvrit... Et il ne put retenir un cri qui tenait à la fois de l'étonnement et de la joie. Le portrait que renfermait l'écrin, le portrait de ce Ludovic, *qu'on avait tant aimé!...* C'était... à peu de chose près, le sien, à lui, Karl !

. . . .

Cependant, le premier moment de surprise et de joie passé, le comte était tombé pensif sur un siége. Le comte était jeune, plein d'orgueil et de passion, on le sait. Il n'avait donc pu résister à un mouvement de plaisir à l'idée de cette bonne fortune qui s'offrait à lui. Mais le comte n'était pas un sot, on le sait aussi. Après cet élan donné en manière de tribut à sa jeunesse, à son orgueil, aux appétits de ses sens, il analysa, il disséqua cette aventure. La brusquerie, la brutalité même, avec laquelle Marguerite venait, en quelque sorte, de lui avouer qu'il ne tenait qu'à lui de devenir son amant, fut, en la commentant, la douche glacée qui apaisa la flamme allumée dans les veines du comte. Le comte se rappela où il était et pourquoi il y était; et, en se rappelant, il en vint tout naturellement à reconnaître que l'aveu de la jeune fille, l'histoire de cet amant mort, la mise en jeu de cette image, si exactement ressemblante à sa propre individualité, pouvaient bien n'être que les premières tentatives d'un piége... au fond duquel se cachait quelque vengeance sinistre. Cependant, comment admettre que Marguerite eût consenti à servir, d'une façon si odieuse, cette vengeance?

— En guerre il faut se défier de tout! se dit le comte, en réponse à cette objection de son cœur.

— Oui, oui, répliqua-t-il, après avoir rêvé encore, il n'y a point à douter: Petrus Ahnesorge avait intérêt à ce que Robert ne troublât point mon entrevue avec Marguerite; il a endormi Robert à l'aide d'un narcotique. Il avait intérêt à ce que Marguerite pût arriver facilement à moi... cette nuit... et les nuits qui suivront... C'est lui qui m'aura assigné cet appartement, contigu à l'appartement de Marguerite. Mais les parents de Marguerite doivent connaître l'existence de cette porte secrète ouvrant de l'appartement de leur fille sur ma chambre à coucher ; comment ne se sont-ils pas opposés à un voisinage dangereux ?... Eh ! qui me prouve que les parents de Marguerite ne sont point de connivence avec Petrus Ahnesorge, dans cette intrigue ! Quoi qu'il en soit, si c'est à l'aide d'une nouvelle faute de ma part que Petrus Ahnesorge veut me faire payer la faute, à ses yeux, de n'être point resté l'amant d'Ancilla, son stratagème est trop grossier... je ne m'y laisserai point prendre !... Marguerite est bien séduisante, il est vrai... Mais je serai courageux ! Je résisterai à ses séductions ! Et pour mieux me garantir de toute velléité galante, dès demain je conterai tout ce qui s'est passé à Robert.

. . . .

Le comte, tout en devisant ainsi avec lui-même, s'était mis au lit. Il s'endormit en se jurant encore de chercher, près de l'ami, aide et secours contre l'ennemi, en le mettant au courant de son aventure avec Marguerite. Cependant, quand, au matin, il revit Robert, Karl ne lui conta rien... absolument rien ! Entre la coupe et les lèvres, il y a de la place pour un malheur. Entre le désir de bien faire et l'exécution de cette bonne pensée, il y a place pour la réflexion. Le comte, en s'éveillant, avait de nouveau récapitulé jusqu'aux moindres détails de la scène de la veille ; parmi ces détails il en était quelques-uns au souvenir desquels son imagination s'était animée... plus qu'il n'était nécessaire, peut-être, chez un homme marié... Et puis, Karl Sprengel n'avait pas trente ans, et, il faut le reconnaître, à cet âge, un homme, marié ou non, est presque excusable lorsqu'il prête l'oreille aux amours ! Robert vint le premier rendre visite à son ami et s'informer de la façon dont il avait passé la nuit.

— Mais à merveille ! répliqua le comte ; à merveille !

Et tout bas il ajouta : ·

— Il sera toujours temps... si ce que je prévois a lieu... de le lui apprendre *ensuite*.

XXIV

Mystères.

Karl et Robert se retrouvèrent avec leurs hôtes à l'heure du déjeuner. En sortant de leurs appartements, les deux amis avaient été faire un tour de parc, où un seul incident leur avait semblé digne de leur attention. Amenés par la promenade du côté de la grille principale du manoir de Roderic, Karl et Robert, bras dessus bras dessous, avaient aperçu, près de cette grille, assis sur le seuil d'un pavillon qui lui servait de demeure, le concierge Wilhelm. Ils s'approchèrent du bonhomme et, après avoir causé avec lui quelques minutes de la pluie et du beau temps, ils arrivèrent au but de leur entretien, à savoir s'ils étaient libres d'aller dans le bourg. Ce fut Robert qui effleura le premier la question.

— Ouvrez-nous donc cela, Wilhelm, fit-il, en frappant du bout de sa canne les barreaux de la grille, il n'y a pas loin, sans doute, d'ici, aux forges appartenant à M. le comte, et, avant que l'heure du déjeuner ne sonne au château,

M. le comte et moi, nous serions bien aise de sortir un peu.

Wilhelm, qui avait jusqu'à ce moment soutenu l'entretien avec les deux amis sur le ton le plus respectueux et en même temps le plus gracieux, Wilhelm secoua la tête aux dernières paroles de Robert.

— Impossible, messieurs, fit-il.

— Quoi ? qu'est-ce qui est impossible ? reprit le comte en toisant le vieux domestique.

Celui-ci, sans se laisser intimider par ce hautain coup d'œil, répliqua en s'inclinant :

— J'ai ordre de ne laisser sortir personne du château.

— Personne ! Pas même moi ? reprit le comte.

— Pas même vous, monsieur le comte.

— Ni moi ? dit Robert.

— Ni vous, monsieur.

— Et de qui tenez-vous cet ordre, s'il vous plaît ? dit Karl en se mordant la moustache.

— De M. Petrus Ahnesorge.

— Ah ! ah ! Alors c'est M. Petrus Ahnesorge qui commande au château et non M. Aloysius Hoeffer ?

Wilhelm ne répondit pas.

— Il suffit, il suffit, mon ami. Gardez votre consigne, reprit Robert en entraînant le comte.

Quand ils se furent éloignés de quelques pas :

— N'allez-vous pas vous en prendre à un valet des actions du maître, Karl ? poursuivit Robert.

Les traits assombris de Karl s'éclaircirent.

— Vous avez raison, Robert, dit-il. Malgré moi, il est des moments où j'oublie que *j'appartiens* au docteur Ahnesorge. Cependant, et cette chasse que m'a promise M. Aloysius Hoeffer ! Ce n'est point dans ce parc, je suppose, que nous trouverons des sangliers ? Or, pour courir les terres, les bois aux environs, il faudra pourtant bien que nous sortions du château ?

— Qui sait ! répliqua gaiement Robert, cette fameuse partie de chasse n'est peut-être que dans les choses hypothétiques. M. Petrus Ahnesorge aura redouté que nous ne nous envolions tous deux en courant la bête fauve, et il aura ordonné... puisque c'est lui qui ordonne... à son beau-frère, de laisser sa promesse tomber dans l'eau.

Les deux amis, décidés, philosophiquement, à faire contre fortune bon cœur, avaient regagné les alentours du château. Sous une allée de tilleuls, ils rencontrèrent M. Edgard Hoeffer et le musicien Franck Schwartz.

— Nous allions à votre recherche, messieurs, dit Edgard en saluant le comte et Robert ; le déjeuner vous attend.

— Mille fois trop bon, messieurs, répliqua le comte.

— Ah ! monsieur Robert, continua Edgard, je compte bien qu'en sortant de table vous daignerez passer une heure dans mon atelier.

— Comment donc, monsieur ! s'écria Robert.

Marguerite, sa mère et son père, étaient dans la salle à manger. On échangea quelques compliments. Comme la veille, le comte s'assit près de la jeune fille. Il lui sembla qu'elle était pâle, inquiète ; ce fut à peine si elle lui répondit quelques mots, lorsque, dans la conversation, il s'adressa à elle. Le comte attribua au regret de sa démarche de la nuit le trouble de la jeune fille, et il résolut de respecter ce regret. Au surplus, le repas, pour avoir un convive de moins, fut plus gai pourtant que celui de la veille. Aloysius Hoeffer et sa femme s'occupaient à qui mieux mieux de leurs hôtes. Edgard causait peinture et en causait fort bien, vraiment, avec Robert ; Franck Schwartz, seul, garda le silence pendant tout le déjeuner. C'était bien assez pour lui, déjà, sans doute, d'y assister. Lorsqu'on quitta la table, Aloysius Hoeffer, s'adressant à Karl et à Robert, leur dit :

— Vous êtes ici chez vous, messieurs; agissez-y donc, commandez-y comme chez vous. Si vous aimez la pêche... ce petit lac, au milieu du parc, est très-poissonneux... Si vous aimez la chasse, on vous donnera des fusils.

— A condition que nous ne dépasserons point les murs de votre propriété, n'est-ce pas, monsieur? ne put s'empêcher de dire le comte.

Sans doute Aloysius n'entendit pas cette question, ou plutôt, il ne voulut point l'entendre, car, ayant salué ses hôtes, il sortit, ainsi que sa femme, de la salle à manger. En ce moment, Karl sentit un bras qui se glissait doucement sous le sien, en même temps qu'une voix lui disait presque à l'oreille :

— Venez!

C'était Marguerite qui parlait ainsi au comte.

— Ah! vous n'êtes plus muette, à présent! fit le comte avec un sourire.

La jeune fille rougit; son bras allait abandonner celui de Karl.

— Pardon! pardon, s'écria-t-il en la retenant. Un accès de mauvaise humeur, dont vous ne connaissez point la cause, sans doute, m'emportait... Pardon, mademoiselle, je suis à vous. Aussi bien, si vous *savez quelque chose*, vous, vous me le direz, peut-être !

Robert, poussé par le désir de faire connaissance avec les œuvres du peintre Edgard Hoeffer, était sorti avec ce dernier et Franck Schwartz, presque en même temps que M. et madame Hoeffer.

Karl et Marguerite traversèrent le vestibule, descendirent le perron et s'engagèrent dans les allées du parc, encore ombragées, en dépit des premiers autans. Le temps était superbe, d'ailleurs, ce jour-là; l'air presque tiède, le soleil presque chaud. Karl et Marguerite marchèrent quelques minutes, muets et rêveurs tous deux. Enfin, la jeune fille, la première, rompit le silence.

— Monsieur le comte, dit-elle, je devais m'attendre à ce qui arrive. Vous me méprisez. Je vous prierai de remarquer, pourtant, que si ma conduite vous a donné, jusqu'à un certain point, le droit de croire que vous n'aviez qu'un geste à faire, un mot à dire, pour me voir tomber dans vos bras, c'est que mon cœur, en cette occasion, a été plus vite que ma tête. Je n'ai jamais voulu être, je ne serai jamais que l'amie d'un homme auquel je ne pourrais appartenir sans commettre un crime en lui en faisant commettre un à lui-même. Maintenant, monsieur, répondez : Ai-je eu tort d'être trop franche, en vous disant que je vous aimais... comme un ami... parce que vos traits me rappelaient les traits d'un homme... que j'aimais comme un amant ? Nous sommes destinés, je pense, à demeurer quelques jours ensemble. Dois-je vous éviter... parce que vous ne m'avez pas comprise ?... Dois-je être heureuse à vos côtés... parce que vous ne méconnaissez point la sincérité de mes sentiments ?...

Karl avait écouté la jeune fille sans l'interrompre, se contentant, tandis qu'elle parlait, d'étudier le son de sa voix, l'expression de ses yeux. Lorsqu'elle se tut :

— Mademoiselle, fit-il gravement, une question... ou plutôt quelques questions avant tout; le voulez-vous?

— Je vous écoute, monsieur, dit Marguerite, et je suis prête à vous répondre.

— A me répondre franchement?

Il sembla à Karl que le bras de la jeune fille avait frissonné sous le sien; néanmoins elle repartit :

— A vous répondre franchement.

— Il suffit, reprit le comte. Ce que je vous demanderai d'abord, mademoiselle, c'est de me dire si vous savez pourquoi je suis ici ?

Marguerite regarda Karl d'un air étonné.

— Pourquoi vous êtes ici, monsieur? répéta-t-elle. Mais vous y êtes, je pense, en qualité d'ami de mon oncle Petrus Ahnesorge.

— C'est là tout ce que vous pensez, réellement, mademoiselle ?

— Oui, monsieur. Quelle autre chose pourrais-je donc penser ?

Le regard scrutateur de Karl ne quittait point la physionomie de la jeune fille; cette physionomie était loyale et pure; du moins Karl y lisait, y croyait lire, la pureté et la loyauté.

— Ainsi, reprit-il, en pesant à dessein sur chaque syllabe, ainsi, vous le jureriez, mademoiselle, vous ne savez pas plus pourquoi M. Petrus Ahnesorge m'a amené dans ce château, que vous ne savez pourquoi il m'est interdit d'en sortir avant quinze jours ?

Cette fois encore le bras de Marguerite eut comme un tressaillement... mais ce mouvement fut si rapide qu'il échappa encore au comte, ou que, s'il ne lui échappa point, il n'eut pas le temps de s'en préoccuper...

— Je vous jure, monsieur, dit-elle, que je n'ai jamais vu, et que je ne vois encore en vous qu'un ami de mon oncle, amené par lui chez mon père... Quant à l'interdiction dont vous parlez... je vous jure aussi, si elle existe, ce qui me surprend, que j'en ignore la cause.

Marguerite avait proféré ces deux serments d'une manière si candide, et si noble tout à la fois, que le comte eut honte de douter d'elle plus longtemps. Marguerite pouvait être un instrument, ce n'était point un complice.

— Merci, mademoiselle, merci, s'écria Karl en portant à ses lèvres la main de la jeune fille, je vous crois, et c'est parce que je vous crois, que je vais me justifier, à présent, comme je le dois, de vos accusations de mépris, de ma part, à votre sujet. Pourquoi vous mépriserais-je, Marguerite ? parce que vous m'avez offert votre amitié ? Mais, en ce cas, je serais plus qu'un méchant, je serais un imbécile et un fat. J'accepte cette amitié offerte, Marguerite; je l'accepte cordialement; et, la preuve, c'est que, tant que durera mon séjour au château de Roderick, je me fais votre serviteur, votre valet, votre esclave. Faites de moi ce qu'il vous plaira, Marguerite, encore une fois, je suis à vous!... Trop heureux, puisque mes traits vous rappellent les traits d'une personne chérie... de remplacer cette personne, sinon dans votre cœur, du moins dans votre esprit.

Une larme avait mouillé les bords de la paupière de Marguerite.

— A mon tour, merci, monsieur le comte, merci, fit-elle, pour vos bonnes paroles. Venez donc! L'amie veut que l'ami ne s'ennuie point trop pendant ses quinze jours d'esclavage.

Tout en s'entretenant de la sorte, Karl et Marguerite s'étaient rapprochés de bâtiments que le comte n'avait pas vus encore, placés qu'ils étaient derrière le château, et qui n'étaient autres que les écuries de Roderick.

— Une promenade à cheval vous plairait-elle, monsieur le comte? dit la jeune fille à son compagnon.

— Une promenade, répliqua ce dernier en souriant, sans doute ! Mais si cette promenade est limitée aux murailles du parc, entre nous, je trouve qu'il est absolument inutile de prendre des chevaux pour cela.

Marguerite sourit à son tour.

— Nous tâcherons de faire entendre raison à Wilhelm, dit-elle. Attendez-moi ici quelques minutes, voulez-vous, monsieur le comte? Je vais donner des ordres pour qu'on nous selle deux chevaux, et, pendant ce temps, j'irai chez moi prendre un costume convenable pour notre excursion.

La jeune fille s'était éloignée; Karl la vit parler à un valet d'écurie, puis se diriger vers le château d'un pas précipité. Quelques minutes après, le valet, conduisant en main deux magnifiques bêtes, arrivait à l'endroit où Karl était resté à attendre. Quelques minutes encore, et Marguerite, revêtue d'un costume d'amazone qui lui seyait à ravir, rejoignait le comte. On sauta en selle, et l'on prit une allée qui conduisait directement à la grille gardée par le vieux Wilhelm. Karl était curieux de voir comment Marguerite s'y prendrait pour amadouer ce cerbère en livrée. Sa curiosité fut bientôt satisfaite. A la vue de nos cavaliers accourant de son côté, Wilhelm, assis encore, comme le matin, sur le seuil de sa demeure, s'était levé et avait retiré sa casquette, mais sans faire un pas en avant.

— Wilhelm, dit la jeune fille, ouvrez cette grille, je vous prie, mon ami.

Le bonhomme, secouant la tête, allait répondre sans doute par un refus.

— Ouvrez cette grille, Wilhelm, reprit Marguerite. *Le temps est beau, l'orage est loin, l'oiseau peut quitter son nid sans crainte.*

A ces derniers mots, — les mots convenus, il est probable, pour lever une consigne sévère, — Wilhelm, sans répliquer, prit une clé suspendue à l'intérieur du pavillon, et, se dirigeant vers la grille, l'ouvrit à deux battants. Karl et Marguerite passèrent; la grille se referma sur eux.

— Il paraît, mademoiselle, dit le comte qui avait observé cette scène, il paraît que comme la roche enchantée qui clot la fameuse caverne, dans le conte des Quarante-Voleurs, cette grille n'obéit qu'à un mot d'ordre?

Marguerite s'inclina.

— Et, continua Karl, ce mot qui fait marcher les clés et glisser les verrous, de qui le tenez-vous?

— De mon oncle.

— Ah!...

— Oui... seulement, il faut que ce mot soit prononcé par moi pour avoir de l'autorité.

— Vraiment!... Par conséquent, si c'était moi qui l'eusse dit à Wilhelm?

— Wilhelm ne vous aurait pas ouvert.

— Et pourquoi ne m'aurait-il pas ouvert?

Marguerite tourna sur son interlocuteur le regard le plus candide.

— Ne vous ai-je pas juré, tout à l'heure, monsieur le comte, fit-elle, que j'ignorais pourquoi M. Petrus Ahnesorge tenait absolument à ce que vous ne puissiez sortir du château?

— Oui, vous m'avez juré cela... il est vrai... mais, en me faisant ce serment aussi, vous paraissiez douter que cette interdiction fût réelle. Vous m'avez donc trompé, mademoiselle... vous venez de me le prouver... puisque vous savez parfaitement que Wilhelm resterait sourd à un appel, de ma part, auquel il a obéi sortant de votre bouche.

Marguerite avait pâli; elle se recueillit une seconde, puis, d'une voix émue;

— Eh bien! oui, murmura-t-elle, sur ce point je vous ai trompé, monsieur le comte. Mon oncle a dit devant moi, comme il l'a dit devant mon père et ma mère, qu'il lui importait que vous ne quittassiez point Roderick... seul. Mais c'est là tout ce que je sais, monsieur le comte. Quant au motif qui a pu dicter à mon oncle cette étrange prétention de vous retenir en quelque sorte prisonnier... je vous le répète, ce motif... il me serait impossible de vous l'expliquer. Mon Dieu, tenez, j'ai eu tort, je m'en aperçois, d'user, croyant vous être agréable, d'un pouvoir que mon on-

cle, j'ignore encore à quel sujet, a mis à ma disposition. Je lis dans vos yeux de mauvaises pensées; ce que je ne comprends point, vous le comprenez sans doute, vous... et là où je marche dans l'ombre, marchant en pleine lumière, vous voyez du mal où je ne vois qu'un jeu. Voulez-vous que nous retournions au château? Voulez-vous rejoindre votre ami dans l'atelier de mon frère?... Voulez-vous, si vous vous défiez de moi, voulez-vous que, pendant tout le temps que vous devez passer à Roderick, je me tienne éloignée sans cesse de vous? Ah! je suis bien heureuse à vos côtés, Karl, bien heureuse, mais votre repos, votre sécurité avant tout! Faites un signe et vous ne me reverrez plus.

Marguerite pleurait en s'exprimant de la sorte, et ses larmes ajoutaient encore à sa beauté.

— Non, pensa le comte, le mensonge et la duplicité n'empruntèrent jamais une forme si charmante! Et me trompât-elle, qu'importe! le danger ne saurait venir de sa part.

Les chevaux cheminaient alors dans un sentier bordé, des deux côtés, de roches et de grands arbres. Forcément rapprochés l'un de l'autre, pour causer sur une pareille route, Karl et Marguerite se touchaient presque.

— Marguerite, murmura le comte en se penchant, fasciné par sa voix, par ses larmes, vers la jeune fille; Marguerite, pardonnez-moi, j'ai douté de vous, je ne doute plus.

Marguerite retourna vivement sa tête souriante du côté du comte; dans ce mouvement les lèvres de Karl se trouvèrent à quelques lignes de celles de la jeune fille. Quelques lignes! Qu'est-ce que cela, quand le cœur palpite, quand le désir vous brûle! Marguerite jeta un cri, aussitôt étouffé dans un second baiser... Karl l'avait saisie par la taille. Deux baisers en appellent mille.

— Grâce! grâce! murmura-t-elle en se dégageant par un violent effort,

Et, au risque de se briser contre les roches, elle lança son cheval en avant.

XXV

La précaution inutile.

C'était le soir après le dîner, la nuit tombait à torrents. Dans le grand salon d'apparat au château de Roderick, les personnages suivants se trouvaient réunis dans la disposition suivante: Aloysius Hoeffer et Robert Huguet, attablés l'un devant l'autre et jouant à l'écarté. Madame Hoeffer, assise près de son mari et occupée d'un ouvrage de tapisserie. Le comte Karl Sprengel, debout près d'une fenêtre, et regardant l'orage à travers les vitres. Edgard Hoeffer lisant un journal. Franck Schwartz rêvant, comme à son ordinaire, au fond d'un fauteuil au coin de la cheminée. Robert Huguet était en chance; sur dix parties il en avait gagné neuf à son hôte; soit neuf louis. Au surplus, Aloysius Hoeffer perdait avec une grâce parfaite, un véritable laisser-aller de maître de maison et de gentilhomme.

— Karl, fit Robert, qui, tout en suivant les péripéties du jeu, considérait depuis un instant son ami immobile et muet près de la fenêtre; Karl, que faites-vous donc là-bas? Cela est-il donc si intéressant de voir tomber de l'eau et briller des éclairs? Voyons, je ruine M. Hoeffer, il serait gracieux à vous de lui donner le temps de respirer un peu en prenant sa place.

— Je ne me plains pas! Pourquoi obliger monsieur le

comte à jouer, si cela ne l'amuse pas ? dit Aloysius Hoeffer.

Karl s'était lentement approché des joueurs.

— J'en conviens, dit-il, les cartes n'ont rien qui me tente ce soir.

— Monsieur le comte a raison, dit madame Hoeffer, les cartes sont un passe-temps monotone. Franck, mettez-vous donc au piano, mon ami; ces messieurs seront bien forcés, pour vous écouter, d'abandonner leur partie.

Tandis que Franck, arraché à sa rêverie par la voix de madame Hoeffer, s'asseyait devant le piano, Robert, qui avait quitté, ainsi que son adversaire, la table de jeu, s'approcha de Karl.

— Ha çà ! qu'avez-vous donc ce soir, lui dit-il tout bas en souriant. Serait-ce l'absence de mademoiselle Marguerite qui vous rend ainsi sombre et pensif ? Hum ! cette promenade si innocente, m'avez-vous dit, cette promenade à cheval, ce matin, avec notre jeune fille, a laissé, je le crains, en vous, des souvenirs... que vous avez peine à écarter, il me semble.

Karl essaya de prendre un air dégagé.

— Vous vous trompez, Robert, répliqua-t-il, cette promenade s'est passée, en effet, telle que je vous l'ai contée... fort simplement.

— A l'exception, toutefois, vous me l'avez avoué, de votre surprise, au départ, en voyant mademoiselle Marguerite imposer au vieux Wilhelm ce qu'il nous avait refusé, c'est-à-dire la permission de sortir de l'enceinte du parc.

— Eh bien ! oui, quant à ceci... cette liberté... volée en quelque sorte à Petrus Ahnesorge...

— A la faveur de l'autorité de mademoiselle Marguerite !

— A la faveur de l'autorité de mademoiselle Marguerite... cette liberté, sur laquelle je ne comptais point, m'a étonné... mais...

— Mais pourquoi donc, à son retour au château, mademoiselle Marguerite s'est-elle enfermée dans son appartement ? Pourquoi n'a-t-elle paru au dîner que quelques minutes ? Pourquoi, durant ces quelques minutes, n'a-t-elle ni mangé ni causé ? Pourquoi, enfin, s'est-elle de nouveau retirée si vite chez elle, tout à l'heure ? Ne pourriez-vous me le dire, Karl ?

— Moi !... et que vous dirais-je... je...

En cet instant les premières mesures d'une valse retentirent.

— Nous reprendrons cet entretien plus tard, fit brusquement le comte, vraisemblablement satisfait de cette circonstance pour éviter de répondre à son ami.

Robert hocha la tête.

— Karl ! Karl ! murmura-t-il, vous m'aviez promis d'être prudent, et non-seulement, j'en ai peur, voilà que vous négligez la prudence promise, mais encore voilà que pour commettre plus à votre aise, sans doute, quelque folie, vous vous défiez de moi ! Karl, rappelez-vous votre femme, votre belle et sainte Clotilde, et votre enfant, votre chère et gentille Lizzy, et votre sœur, votre douce et charmante Anna ! Il n'est point question seulement ici de sauvegarder votre orgueil, en prouvant que votre courage est au-dessus de toute atteinte, il faut aussi sauvegarder votre cœur... contre lequel des méchants, des infâmes, peut-être, ont dressé leurs embûches !

— Taisez-vous ! taisez-vous, Robert ! fit le comte qui avait tressailli aux paroles de son ami.

Et, se penchant vers lui, il ajouta :

— Quand nous serons seuls, je vous dirai tout ! vous entendez !

— A la bonne heure ! répliqua Robert. Et merci d'avance, Karl, merci pour moi... et pour ceux que vous aimez... que nous aimons !

. . . .

A onze heures sonnant, comme la veille, Aloysius Hoeffer avait donné le signal de la retraite. Comme la veille, accompagnés par deux domestiques, Karl et Robert étaient montés à leurs appartements. Robert, les domestiques partis, s'apprêtait à rejoindre Karl chez lui, mais celui-ci, le prévenant, vint retrouver lui-même son ami dans sa chambre à coucher. Le premier mouvement du comte, lorsqu'il fut assis en face de Robert, fut de lui serrer la main avec effusion.

— Qu'est-ce donc ? s'écria gaiement Robert, surpris de ce mouvement, il semblerait que vous avez à me féliciter d'un service rendu, cher comte ?

— Ce n'est pas vous que je félicite, Robert, repartit Karl, c'est moi qui me réjouis d'avoir en vous un compagnon... un ami... capable de me dessiller les yeux.

— Hein, vous ne le niez donc plus ! Vous étiez près de commettre une folie, une... action regrettable, peut-être ?

— J'étais sur le point de commettre une mauvaise action, Robert,... une folie d'autant plus blâmable, que, dans les circonstances où je me trouve, ses suites peuvent d'autant plus m'être funestes. Mais vous avez été bien inspiré, Robert, en évoquant devant moi l'image de Clotilde, de Lizzy... d'Anna... de *notre* Anna ! Écoutez-moi, mon ami, écoutez-moi avec attention, puis, vous me direz ce que j'ai à faire; d'avance, je m'engage à vous obéir...

. . . .

Karl raconta d'abord à Robert tout ce qui s'était passé la nuit précédente, entre lui et Marguerite : et la visite singulière de la jeune fille, et ses confidences, et le don de ce portrait d'un amant au tombeau... portrait qui n'était autre, sauf quelques modifications, que le sien propre, à lui Karl. Il raconta ensuite, telle qu'elle avait eu lieu, la promenade à cheval, en compagnie de la jeune fille. En apprenant l'épisode des baisers, Robert devint plus sérieux que jamais.

— Et vous n'avez pas été étonné, s'écria-t-il, qu'une jeune fille que vous avez vue hier pour la première fois souffrît de telles caresses !

— Hélas ! balbutia Karl, songe-t-on toujours, quand les lèvres sont fraîches et roses, à s'inquiéter si elles vous trompent.

— Et ces deux baisers...

— Ont été les seuls que j'ai pris à Marguerite. Oh ! je vous le jure, Robert ! Elle s'était enfuie loin de moi... quand je la rejoignis, elle pleurait...

— Des larmes de crocodile !

— Un crocodile bien séduisant, en tout cas, Robert.

— Trop séduisant, certes, puisque, si je n'y mettais ordre, il vous croquerait.

Allons, reprit Robert en arpentant à grands pas sa chambre à coucher; allons, le docteur Petrus Ahnesorge est un mauvais plaisant ! Ce n'est point la pâleur de la peur qu'il veut imposer à votre front, Karl, c'est celle de la honte... en vous poussant à déshonorer une pauvre fille.

— Mais comment expliquez-vous que cette pauvre fille ait pu se prêter si complaisamment, ainsi que ses parents, aux desseins ignobles que vous supposez chez Petrus Ahnesorge ?

— En effet, reprit Robert, après avoir songé un instant, il y a dans cette intrigue quelque chose qui m'échappe, comme à vous, Karl; dans quel guêpier nous sommes-nous fourrés ? Ah ! Petrus Ahnesorge est peut-être plus rusé que nous ne le croyons, et les séductions, la chute même de Marguerite, pourraient bien n'être qu'un moyen au lieu

d'être un résultat. Quoi qu'il en soit, la bataille est engagée d'une façon trop vigoureuse pour que nous perdions notre temps; il s'agit de rendre coups pour coups à l'ennemi. Ah!

Robert bondit joyeusement jusqu'à son ami.

— J'ai trouvé, s'écria-t-il. *Eurêka*, comme disait Archimède; j'ai trouvé la contre-mine à opposer aux sapes du docteur, de cet ingénieux docteur qui endort les uns avec de l'opium, et empêche les autres de dormir à l'aide de sylphes de commande. Karl, vous reposerez en paix cette nuit à l'abri des apparitions.

— Que voulez-vous dire?

— Vous ne devinez pas? Regardez cette chambre à coucher, ne vaut-elle pas la vôtre?

— Eh bien?

— Eh bien! je vous la cède, mon ami.

— Mais vous?

— Moi, eh! parbleu, je prends votre lit, et si mademoiselle Marguerite a la fantaisie de venir m'y trouver... je suis garçon, moi... je suis garçon encore. Mes folies... si folies il y a, ne compromettent que moi.

Karl n'avait pu retenir un froncement de sourcils à l'idée que Robert pouvait abuser de l'erreur de Marguerite.

— Mon plan ne vous convient point, cher comte, dit Robert, qui s'aperçut de ce signe de mécontentement.

— Si fait, si fait, repartit Karl; seulement, je pensais que si Marguerite venait cette nuit chez vous...

— Si Marguerite venait cette nuit chez moi, Karl, ou elle n'est pas une fille perdue tout à fait, comme je l'espère, et elle partirait humiliée de la leçon... Ou si, par impossible, elle n'a ni cœur ni vergogne, elle resterait, et vous ririez le premier, demain, d'un amour qui a si facilement changé d'objet.

Le calme revint sur le visage du comte.

— Votre plan est excellent, Robert, reprit-il; quoi qu'il arrive, d'ailleurs, nous montrerons à Petrus Ahnesorge que nous ne sommes pas des enfants qui se laissent prendre à la première ruse. Et puis, j'ai juré de me soumettre à vos conseils, je m'y soumets; Robert, mon ami, demain vous me direz si vous avez vu le sylphe. Et, si vous l'avez vu... ce qui s'est passé entre vous.

Robert s'était retiré. Seul, dans cet appartement devenu le sien, Karl, comme la veille, après avoir fermé à clé la porte d'entrée, avait pris un cigare, et, à demi couché dans un fauteuil devant le feu, il suivait d'un œil distrait les scintillements des étincelles dans l'âtre. Historien fidèle, devons-nous dire, qu'en cet instant, songeant aux charmes de Marguerite, à ces charmes qu'il avait juré de dédaigner, de fuir désormais, le comte se sentait saisi d'une mélancolie profonde? Assurément, il n'était point amoureux de Marguerite, et l'eût-il été quelque peu, que les soupçons conçus par lui à l'endroit de la bonne foi de la jeune fille l'eussent dissuadé de l'envie de donner suite à cette aventure galante, trop galante. Assurément aussi il ne regrettait point d'avoir adopté le sage parti dicté par la sagesse de Robert; mais si les fruits de la sagesse sont doux, ses fleurs ont des effluves amères.

— Ah! pourquoi faut-il que je ne puisse croire en elle? se disait Karl en soupirant.

Comme pour ajouter aux prédispositions chagrines de Karl, l'orage ne cessait point; une pluie serrée battait les carreaux des fenêtres; le vent mugissait dans les grands arbres du parc; de temps à autre un sourd roulement de tonnerre retentissait au loin... Il y avait à peu près une heure que Karl était ainsi, à demi assoupi dans son fauteuil devant la cheminée, lorsqu'il lui sembla entendre un bruit léger de pas sur le parquet de la chambre; presque aussitôt une main, passant par-dessus son épaule, saisit la sienne. Karl, au comble de la surprise, — il avait reconnu cette main, — ouvrait la bouche pour s'exclamer; la main se posa sur ses lèvres.

— Vous! vous! ici! balbutia le comte, lorsque Marguerite lui permit enfin de parler, de se lever et de la regarder.

Elle était, comme la veille, en peignoir de mousseline blanche; comme la veille, aux premiers instants de son apparition, elle était pâle, elle était triste.

— Mais, comment êtes-vous ici? reprit Karl; comment avez-vous su que...

— Que vous m'aviez trompée, tantôt, en me disant que vous n'aviez point de mépris pour moi, n'est-il pas vrai?

Marguerite s'était assise.

— Ah! continua-t-elle en laissant tomber sa tête dans ses mains, et comme se parlant à elle-même, ah! je mérite peut-être ces mépris... puisque j'ai osé laissé voir, sans combattre, ce qu'il y avait de passion et de flamme au fond de mon cœur!... Mais, j'aurais cru qu'avant de me repousser... impitoyablement... on m'aurait, du moins, adressé quelques bonnes paroles d'adieu!

— Marguerite!... Marguerite! fit le comte en s'agenouillant aux pieds de la jeune fille, dites-moi seulement que la volonté de Petrus Ahnesorge n'est pour rien dans ce qui se passe! Dites-moi...

— Eh! interrompit Marguerite en relevant vivement la tête, que voulez-vous que je vous dise, puisque vous ne me croiriez pas? Sais-je seulement ce que vous me demandez! Il est vrai, j'ai entendu tout à l'heure votre conversation avec votre ami, et, dans cette conversation, j'ai été frappée de quelques mots, tels que *piéges, complot, infamie, séductions*!... Mais s'il y a un complot tramé contre vous, monsieur le comte, dans quel but serais-je entrée dans ce complot, moi, à qui vous n'avez point fait de mal? Mais regardez-moi donc! J'ai dix-neuf ans à peine. Y a-t-il s ir mon visage l'empreinte de la fourberie et du crime? Quant à la séduction qu'on me reproche, qu'ai-je cherché en vous, si ce n'est un ami... rien qu'un ami!... Est-ce ma faute si

vous avez pris tout de suite l'amie pour la maîtresse? Est-ce ma faute, si, tantôt, dans un moment d'égarement, vous avez méconnu en moi la fille de votre hôte jusqu'à l'obliger à rougir, à pleurer, d'avoir eu foi en votre honneur de gentilhomme.

Le comte écoutait la jeune fille, abasourdi, stupéfié.

— Mais, ne put-il s'empêcher de dire, si je vous ai offensée tantôt, Marguerite, pourquoi êtes-vous ici?

La jeune fille se cacha de nouveau la tête dans les mains.

— Vous vous taisez! reprit Karl. Voyons, parlez, Marguerite, je vous en supplie. Si... si je vous aimais.. vous me pardonneriez donc!

Elle sourit en haussant les épaules.

— Me serais-je donné la peine de vous épier! Serais-je près de vous, enfin, malgré vous, si je ne vous avais pas pardonné... d'avance?

Étourdi par cet aveu, enivré par l'aspect de cette ravissante créature dont les mains, en pressant les siennes, dont les yeux en dardant leurs éclairs sur ses yeux, communiquaient dans tout son être l'ardeur dont elle semblait dévorée, Karl, insoucieux de ses promesses, oublieux du péril, avait pris sur une bouche entr'ouverte un baiser, que, cette fois, on attendait bien plus qu'on ne le redoutait.

— Eh bien! oui, oui, je t'aime, je t'aime, Marguerite! murmura le comte. La honte, le déshonneur, la mort, dussent-ils suivre ta possession... je t'aime!... tu seras à moi... Je le veux!

— Karl! mon ami! mon ami! murmurait, de son côté, la jeune fille en se débattant faiblement sous l'étreinte du comte, ne me faites point repentir de ma confiance en vous! Songez-y! ma perte serait le désespoir pour tous deux! Karl, écoutez-moi! Que deviendrai-je quand vous m'abandonnerez?

Il ne l'écoutait pas, il n'était plus capable de l'écouter

5

Emporté par une sorte de rage, il avait repoussé, arraché l'étoffe légère qui recouvrait des charmes enchanteurs.

— Karl! fit Marguerite, au nom du ciel, Karl!

Et, dans un dernier effort de vertu expirante, se dégageant violemment des bras du comte, elle s'élança loin de lui. Dans ce mouvement, elle heurta la table sur laquelle reposait un candélabre à trois branches; le candélabre tomba... les bougies s'éteignirent... A la faible lueur projetée par l'âtre, près de s'éteindre aussi, Karl crut voir une ombre traverser la chambre à coucher et disparaître du côté du lit...

— Marguerite! Marguerite! ne partez pas! cria-t-il.

Il écouta. Plus le moindre bruit. Il ramassa, à la hâte, le candélabre, ralluma les bougies et jeta aussitôt son regard dans toute l'étendue de la chambre. Marguerite n'était plus là. Il courut du côté où il lui avait semblé la voir disparaître; point d'apparence de porte. Partout une muraille épaisse qui rendait sous son doigt un son mat et lourd!

— Mais c'est de la féerie! pensa-t-il.

Il écouta encore... il appela. Rien. Il s'assit, espérant qu'elle reviendrait. Elle ne revint pas. A trois heures seulement, accablé de fatigue, il se résigna à se mettre au lit.

. . . .

Qu'auriez-vous fait à la place du comte, répondez en conscience, lecteur, lorsque, le lendemain matin, comme le jour précédent, Robert Huguet, venant le trouver à son réveil, lui demanda s'il avait vu le sylphe? Hélas! mille fois hélas! Je vous le dis, en vérité, il est bien difficile à cette pauvre nature humaine d'être sage, quand le Diable, sous la forme de l'Amour, s'en mêle! Ce qu'il y a de certain, c'est que le comte répondit sans hésiter à son ami, que le *sylphe n'était pas venu*.

— Bravo! cria le trop confiant Robert; bravo! grâce à mon subterfuge, vous voilà assuré de dormir, dorénavant, tranquillement, mon cher Karl.

Karl sourit; un fâcheux sourire qu'il eut là.

XXVI

Où Ancilla reparaît.

Cette journée parut bien longue à Karl; elle s'écoula tout entière sans qu'il vit Marguerite. Elle était souffrante, plus souffrante que la veille, lui dirent monsieur et madame Hoeffer; elle priait M. le comte et M. Robert Huguet de l'excuser, mais elle ne quitterait point sa chambre avant le lendemain. En entendant, le matin, le père et la mère de Marguerite lui dire que leur fille était malade, Karl, attribuant à un calcul de coquetterie l'absence de la jeune fille, avait souri tout bas; sûre de sa défaite prochaine Marguerite fuyait son vainqueur. Cependant, le soir, au dîner, auquel Marguerite n'assista pas pas plus qu'au déjeuner, le comte commença à s'inquiéter de cette absence prolongée. Marguerite était-elle réellement souffrante? ou bien était-ce le repentir, le remords, qui la retenaient dans l'isolement?

Robert Huguet, lui, se félicitait d'une abstention qu'il attribuait à la colère.

— *Le sylphe* est furieux du mauvais tour que nous lui avons joué, cher Karl, disait-il au comte, sa bouderie nous le prouve. Qu'il boude donc si cela l'amuse, tant que nous serons au château, je ne demande pas mieux, moi; ce sont

des craintes de moins à avoir, vous et moi, pour votre faiblesse. Car enfin, il n'y a pas à le nier, ce sylphe est un être bien séduisant, et vous n'êtes qu'un homme!...

Ah! Karl le savait bien, il ne le savait que trop, que Marguerite était séduisante!... Et qu'il n'était, lui, qu'un homme! Après le dîner, Robert, tandis qu'on disposait une table de jeu, causait peinture dans le salon, avec Edgard Hoeffer... qui... — Robert s'était vu dans la nécessité de reconnaître en visitant l'atelier du fils de la maison, — qui n'était pas plus mauvais peintre, quoi qu'il eût pu penser, que Frank Schwartz, le pianiste, n'était mauvais musicien. Karl, en quittant la salle à manger, était descendu dans le parc; il était neuf heures à peine; au ciel, dont l'orage de la nuit dernière avait enlevé tous les nuages, étincelaient des myriades d'étoiles. Entraîné par ses pensées, le comte s'enfonça dans une allée et marcha au hasard devant lui...

Il marchait depuis environ dix minutes, lorsqu'au détour d'une charmille, il aperçut une forme qui lui parut être celle d'une femme. Une femme à cette heure dans le parc, sur sa route, c'était, ce ne pouvait être que Marguerite. Le comte s'élança vers l'apparition.

— Marguerite, s'écria-t-il, Marguerite!

Mais, au moment de lui prendre la main, il s'arrêta, étonné; celle à laquelle il s'adressait était revêtue d'une sorte de vêtement ample, ressemblant à un domino, et, sur son visage, il y avait un masque dont la barbe de soie noire retombait jusque sur sa poitrine. Cependant, cette femme ne s'était pas enfuie à l'approche du comte; au contraire, elle s'était assise sur un banc qui se trouvait en cet endroit. Et, en même temps, d'une voix évidemment contrefaite, mais qui ne dissimulait point pourtant une nuance de raillerie, elle disait à Karl:

— Désolée, monsieur le comte, désolée de la déception que vous devez éprouver. Je ne suis pas Marguerite. Ce qui ne vous empêche point, si cela peut vous tenter, de vous asseoir un instant ici... Et de causer avec moi!

En parlant ainsi, le domino montrait à Karl une place à ses côtés.

— Ah! je comprends... reprit, après un silence, la dame masquée... je comprends que mon apparition excite votre surprise, monsieur le comte; nous ne sommes pas en carnaval, n'est-ce pas?

— Ma foi! madame, repartit Karl en riant, depuis que j'habite ce château, je pense, au contraire, d'après tout ce qui se passe autour de moi, avoir toutes raisons de me croire en plein pays de folies!

— Vraiment! reprit l'étrangère avec un ricanement étrange.

— Voyons! poursuivit le comte, en acceptant la place qu'on lui offrait, vous est-il permis de me dire qui vous êtes, madame... et pourquoi vous avez revêtu ce costume et pris ce masque?

— Qui je suis, monsieur? Non. Pardonnez-moi, mais je ne puis vous le dire. C'est même parce que je désire n'être pas connue de vous, que je me cache sous ce masque et sous ce domino.

— Et... c'est moi que vous attendiez à cette place?

— C'est vous.

— Cependant... s'il ne m'avait point passé par la tête la fantaisie de faire un tour de parc, ce soir?

— Je vous aurais fait prier par un domestique d'avoir cette fantaisie, voilà tout.

— Alors... la conversation que nous devons avoir ensemble a donc son importance?

— Sa grande importance.

— C'est différent. Je vous écoute, madame ; parlez. Que me voulez-vous ? Que puis-je pour vous ?

La femme masquée se recueillit un instant encore, puis, de cette même intonation voilée et moqueuse qu'elle avait adoptée pour s'exprimer :

— Ainsi, monsieur le comte, dit-elle, cela est bien décidé, le feu est aux poudres ! Vous êtes épris de mademoiselle Marguerite Hoeffer !...

Karl releva dédaigneusement la tête.

— Hum !... fit-il, si c'est là l'important sujet de notre entretien, mystérieuse dame, vous trouverez bon que je vous le laisse développer toute seule. J'admets qu'il soit plus ou moins naturel que je rencontre la nuit, dans ce parc, des dominos qui me guettent au passage... mais je n'admets point que je doive, absolument, répondre aux questions qu'il plaira à ces dominos de m'adresser.

Le même éclat de rire incisif s'échappa de la bouche de la dame masquée.

— De la discrétion ! reprit-elle. Bravo ! cher comte ! Je vous ferai remarquer, toutefois, que cette discrétion est au moins inutile. Puisque je vous prouve que je sais tout... à quoi sert de vouloir me cacher quelque chose ?

— Vous savez tout, dites-vous, madame. Que savez-vous ?

— Je sais que voici deux nuits de suite que mademoiselle Marguerite va vous trouver dans votre chambre... et que vous l'y accueillez à merveille.

— Après, madame ?

— Après, monsieur ? Mademoiselle Marguerite vous aime... parce que vos traits lui rappellent ceux d'un amant qu'elle a adoré... Vous aimez mademoiselle Marguerite... parce qu'elle est jolie. Tout cela n'est-il pas la vérité... vraie ?

— Et quand tout cela serait vrai, madame, qu'en résulterait-il qui nécessitât votre intervention ? Vous êtes la confidente de mademoiselle Marguerite... je le vois. Que vous a-t-elle chargé de m'apprendre, et pourquoi, si vous êtes la confidente de mademoiselle Marguerite, ce travestissement, ce masque ?

Le domino restait muet.

— Tenez, madame, reprit le comte, je vous ai dit, tout à l'heure, que je me supposais, dans cette maison, au milieu de gens qui ne jouissent pas absolument de la plénitude de leur raison, et cette nouvelle aventure m'est une preuve nouvelle de la justesse de mes suppositions. Cependant, mettant à profit la liberté même de parler franchement que me donne ce masque que vous portez, je vous dirai encore ceci : Puisque vous savez tout, vous devez donc savoir à quel sujet je suis au château de Roderick ? Soyez généreuse, madame, où veut-on en venir avec moi ? Que signifie la conduite de cette jeune fille qui, sous des dehors innocents, me tend, je n'en puis douter, un piége ? Je commence par vous avouer que je ne suis pas de pierre ; serais-je de pierre, d'ailleurs, que j'imagine qu'on parviendrait encore à m'animer, à en juger par les moyens... tout exceptionnels... qu'on emploie à mon égard. Vous n'ignorez pas non plus, madame, comment il est arrivé qu'après avoir suivi sagement, cette nuit, les conseils de mon ami Robert, en changeant d'appartement avec lui, je n'en ai pas moins été exposé... — exposé n'est pas un mot galant, peut-être ; n'importe ! — à une visite dangereuse ? Encore une fois, qu'espère-t-on donc de ma chute ?... Si chute il y a... ce qui est probable. Pour mon compte, encore une fois aussi, je m'avoue, naïvement, trop impressionnable pour résister à certaines tentations. Mais si je ne résiste point, si je tombe, qui donc sera criminel ? Certes, ce ne sera pas moi ! Quel bénéfice tirera-t-on donc d'une faute, qu'on aura tout

fait pour m'empêcher de regretter... puisqu'on aura tout fait pour me contraindre à la commettre ? Est-ce un père, est-ce un frère, se disant outragé dans son honneur, qui viendrait me menacer de mort lorsque mademoiselle Marguerite sera à moi ! Mais je répondrai à ce frère, à ce père, qu'ils n'avaient qu'à mieux garder leur trésor. En tout cas, un duel, avec l'un ou l'autre de ces messieurs, ne réparerait rien... et n'aboutirait à rien surtout. Vous me comprenez encore. Je n'ai jamais eu peur dans un combat sérieux. J'aurais moins peur que jamais dans un duel qui me semblerait la continuation d'une comédie.

Le comte se taisait, attendant la réponse de la dame masquée.

— Monsieur, dit-elle, — et alors, sa voix, quoique toujours contrefaite, à dessein, avait perdu son caractère railleur ; — monsieur, je ne discuterai pas avec vous les expédients... plus ou moins bizarres en effet, qu'il a plu à M. Petrus Ahnesorge de mettre à exécution contre vous ; je ne suis ici que pour conseiller.

— Pour conseiller... qui ?

— Vous.

— Moi !

— Oui, vous, comte Sprengel.

— Et quel genre de conseils avez-vous à m'offrir, beau domino ?

— Tout dans votre intérêt.

— Bah !

— Je le pense, du moins.

— Soit ! Pourquoi pas. Eh bien ! conseillez, conseillez, chère dame, nous verrons ensuite s'il est possible de vous contenter.

— Oh ! cela ne dépend que de vous.

— Bah ! Enfin, parlez.

— Monsieur le comte, vous avez offensé, cruellement offensé, une femme qui vous aime... en l'abandonnant le lendemain du jour où elle s'était donnée à vous. Cette femme...

— Pardon ; cette femme se nomme Ancilla, n'est-ce pas ?

— Oui.

— Bien ; continuez.

— Cette femme avait juré de se venger de vous, d'une manière éclatante.

— Cela est convenu ; après ?

— Et cependant, au moment de voir s'accomplir sa vengeance, touchée de regret, de désespoir, elle a voulu tenter un dernier effort sur votre cœur.

— Et ce dernier effort... c'est votre démarche même, à cette heure, n'est-ce pas, madame ?

— Oui, monsieur.

— Très-bien, vous venez donc... envoyée vers moi par Ancilla.

— Je viens vous dire : Karl, consentez à aimer un peu, rien qu'un peu, en échange de tout un monde d'amour, de reconnaissance, de dévouement ! Et les périls qui vous entourent s'évanouiront à l'instant, et vous retournerez à l'instant, si vous le désirez, à Berlin... où, devant tous, celui qui vous a provoqué s'humiliera. Répondez, Karl, répondez ! Un peu d'amour, cela coûte-t-il donc si cher à donner pour éviter une grande douleur... à tous... et à vous-même, comme aux autres ?

La femme masquée s'était levée en achevant ces mots. Karl réfléchissait. Tout à coup, touchant du bout du doigt le loup de velours qui cachait le visage de son interlocutrice.

— Si vous voulez que je vous réponde, ôtez cela d'abord, Ancilla.

Ancilla, — car c'était bien elle, on n'en a point douté, — hésita une seconde à se rendre à l'injonction de Karl ; enfin, enlevant son masque :

— Après tout, murmura-t-elle, vous avez raison, monsieur le comte, peut-être que l'aspect de mes larmes vous touchera plus que ma prière.

Et elle montra à Karl des traits pâlis et amaigris par le chagrin. Karl la considéra un instant en silence. Cette tête, ainsi éclairée par les reflets fantastiques de la lune, avait un caractère d'une originalité puissante, d'un charme particulier. Karl, en présence de la chanteuse, se sentit réellement atteint d'une velléité de repentir. Mais l'orgueil veillait sur sa proie.

— Ancilla, dit gravement le comte, j'aurais pu me laisser entraîner à vous tendre la main. Mais vous avez levé la vôtre contre moi. Que nos destinées s'accomplissent : vous vous êtes faite mon ennemie... renversez-moi donc si vous pouvez, je ne ferai rien pour vous arrêter dans vos projets.

Ancilla, laissant éclater un sanglot, tomba aux genoux du comte.

— Mais je t'aime, moi, je t'aime ! s'écria-t-elle.

— Il fallait m'aimer assez pour souffrir sans songer à la vengeance.

— Cette vengeance... j'y renonce.

— Il est trop tard.

— Petrus Ahnesorge se mettra, si tu l'exiges, à tes pieds devant tous, comme j'y suis, en ce moment, devant Dieu que j'implore.

— Il ne fallait pas me menacer... vos prières ne sauraient me faire oublier vos fureurs.

— J'étais en démence, pardonne-moi !

— Eh bien ! soit ! A une condition.

— Laquelle ?

— Nous ne nous reverrons jamais.

— Jamais !... Comment, jamais ?

— Sans doute, jamais.

— Et qu'aurai-je en échange de mon obéissance ?

— Mon pardon.

— Rien de plus ?

— Rien.

Ancilla se releva, d'un bond.

— Ah ! ah ! fit-elle, avec un sauvage éclat de rire, point d'amour et point de vengeance ! Mais vous ne me connaissez pas décidément, monsieur le comte !

— Allons donc ! s'écria Karl, en riant railleusement à son tour, la tigresse reparaît, je le savais bien.

— Que voulez-vous dire ?

— Je veux dire, Ancilla, que si vous m'aimez, vous avez eu tort de ne pas vous montrer tout à fait généreuse. Si vous aviez dit oui, tout à l'heure... je serais revenu à vous, peut-être.

Ancilla jeta un cri de douleur et retomba à genoux.

— Grâce ! grâce ! balbutia-t-elle ; tiens, mon Karl adoré, je suis une misérable, je le reconnais... c'est vrai, une misérable... Est-ce que je dois songer à me venger de toi ! Mais je n'y songe plus, entends-tu ? donne-moi seulement ta main à baiser, en signe, non pas de pardon, mais d'espérance, puis tu partiras, tu quitteras le château, si tu le veux, cette nuit, à l'instant même. Mais ta main, ta main, du moins ! Je t'aime !

— Il est trop tard, dit le comte avec hauteur, moi je ne veux ni ne puis plus vous aimer jamais. Adieu.

Et s'éloignant à grands pas, Karl eut bientôt disparu aux yeux d'Ancilla.

Elle demeura pourtant agenouillée, tant qu'elle entendit le bruit de la marche du comte sur la terre battue de l'allée. Peut-être croyait-elle, peut-être espérait-elle qu'il reviendrait !

Mais il ne revint pas.

Alors se redressant de nouveau :

— Eh bien ! tigresse, soit ! s'écria-t-elle ; tu l'as voulu, comte Sprengel, la tigresse te frappera, la tigresse se repaîtra bientôt du spectacle de ton malheur !

XXVII

Faiblesse.

La première pensée de Karl avait été de conter à Robert Huguet sa rencontre inattendue avec Ancilla, et ce qui s'en était suivi. Mais l'orgueil, encore une fois, étouffa la voix de la raison dans l'esprit du comte. Il commençait d'ailleurs à s'irriter sourdement contre ces machinations ennemies disposées autour de lui, sans qu'il pût en saisir le but.

— Non, se dit-il, je veux agir seul désormais ; c'est bien assez que le docteur Petrus Ahnesorge, pour plaire à Ancilla, me traite en enfant, sans que, comme un enfant, je coure à chaque instant demander aide et protection à un ami.

Ainsi décidé, lorsqu'il fut remonté avec Robert Huguet dans leurs appartements, le comte, sous prétexte qu'il était fatigué, hâta l'instant de la séparation. — Il lui tardait de revoir Marguerite, et il comptait sur une nouvelle visite cette nuit-là. — Robert, quoique assez surpris, intérieurement, de la préoccupation évidente de son ami, s'était rendu aussitôt à son désir. Comme la veille, Karl était seul, dans cette chambre à coucher que lui avait cédée Robert. La porte n'était pas refermée sur ce dernier que le comte s'écriait, en promenant ses regards investigateurs autour de lui, et comme persuadé que celle à laquelle il s'adressait pouvait l'entendre :

— Oui, mademoiselle Marguerite, oui... je vous attends ! Venez donc ! Seulement, je vous en préviens, j'ai assez du rôle de Tantale que vous m'avez fait jouer jusqu'ici, d'après les leçons qu'on vous a apprises, sans doute. Venez donc ! Mais cette fois, j'en jure Dieu, dût le château s'écrouler au bruit de nos baisers, vous serez à moi !

Cependant, une heure s'écoula, puis une autre, et le comte était toujours seul. En vain, au moindre bruit, il sursautait dans son fauteuil, croyant avoir entendu approcher Marguerite, Marguerite ne paraissait point. L'impatience fit place, chez Karl, à un sentiment de colère... de déception. Marguerite avait peur, elle ne viendrait point. A une heure et demie, Karl, fatigué réellement maintenant, de corps et d'esprit, se mit au lit. L'oreille toujours tendue, l'œil aux aguets, il demeura quelques minutes la tête sur l'oreiller, espérant, attendant encore. Mais non, Marguerite ne devait point venir cette nuit-là. Karl souffla la bougie.

Il y avait à peine cinq minutes qu'il avait appelé l'obscurité, qu'il lui sembla de nouveau distinguer un léger bruit dans la chambre. Il se dressa sur son séant. Cette fois, il ne s'était pas trompé, on marchait... on marchait doucement dans la chambre.

— Marguerite, fit-il, est-ce vous ?

— Oui, dit une voix, c'est moi.

Presqu'en même temps, une main saisit celle du comte.

— Ah ! dit ce dernier en attirant à lui la jeune fille. Ah ! tu ne m'échapperas point, alors !

Elle ne cherchait point non plus à s'échapper. Un gémissement, — un gémissement perdu dans un baiser, — avait été sa seule réponse à l'exclamation du comte. Maintenant elle était dans ses bras.

. . . .

Le comte sauta à bas du lit et ralluma les bougies. C'était bien Marguerite qui était près de lui. Karl la considérait étonné, presque effrayé de son bonheur. La jeune fille était plus jolie que jamais, les traits animés par la fougue du plaisir. Cependant deux grosses larmes coulèrent le long de ses joues, lorsqu'elle se vit ainsi en proie aux regards de Karl. Et ces larmes, en glissant jusque sur un sein de neige, ajoutèrent encore à la joie et en même temps à la surprise douloureuse du comte. Il reprit sa place aux côtés de Marguerite et l'enlaçant dans ses bras :

— Voyons, voyons, chère enfant, murmura-t-il, il est impossible, qu'à ton âge, avec tes charmes, ta beauté, cette innocence, cette pureté empreintes dans toute ta personne... il est impossible que tu ne sois qu'une sorte de courtisane immonde, te prêtant, par l'appât de quelque ignoble salaire, à un semblant d'amour... de passion !... Qui es-tu ? dis-le moi, je t'en supplie. Oh ! tu dois me le dire ! Pourquoi es-tu à moi ? tout à moi... Est-ce par ta volonté seule ? Est-ce par la volonté de ceux qui ont le droit de te commander en maîtres ? Réponds.

Marguerite regardait, avec un triste sourire, celui qui lui parlait. Elle allait répondre, elle s'arrêta brusquement en murmurant :

— Non, non... il ne faut pas que vous sachiez !

Et, regardant avec désespoir autour d'elle, elle ajouta en cachant sa tête dans la poitrine de Karl :

— D'ailleurs, si bas que je vous parlerais... on pourrait nous entendre.

— On ? Qui donc, on ?

— Petrus Ahnesorge, balbutia Marguerite.

— Ah ! fit le comte, tu avoues donc ?

— Eh bien ! oui, reprit la jeune fille en baissant encore la voix, oui, j'avoue que je suis une malheureuse, Karl, et que si je me suis faite votre maîtresse, ç'a été pour obéir aux ordres du docteur. Mais... mais... à cette heure que j'ai foulé aux pieds toute pudeur en devenant l'esclave de cet homme... mon âme se révolte. De quoi êtes-vous menacé, Karl, je l'ignore ; ce que je sais... ce que je puis vous dire... — Oh !... il me tuera peut-être, mais je vous aime, Karl... oui, je vous aime de toutes les forces de mon âme... Je parlerai ! — Karl, je ne suis pas la fille d'Aloysius Hoeffer.

Je ne suis qu'une simple ouvrière, qu'une pauvre enfant du peuple, que Petrus Ahnesorge est venu arracher de la mansarde où elle vivait heureuse, pour la jeter dans cette intrigue... dont elle ne comprend pas elle-même le but... dont elle ignore le motif.

— Tu ne mens pas ?

— Maintenant, non, je ne mens pas.

— Mais pourquoi as-tu accepté ce personnage que tu joues ici ?

Marguerite poussa un soupir.

— Petrus Ahnesorge est puissant, dit-elle, il m'a menacée, si je ne lui obéissais pas, de me faire mourir en prison.

— En prison ! Mais on ne met en prison que les voleurs et les courtisanes.

Marguerite sembla réfléchir.

— Tu as raison, fit-elle, ce n'est pas la prison dont on m'a menacée, c'est le couvent... un couvent où j'ai déjà passé six mois, et où je serais restée toute ma vie peut-être, si je m'étais refusée à ce qu'on attendait de moi.

— Mais, Petrus Ahnesorge est un misérable s'il a fait cela.

— Je ne te dis pas non.

— Mais tu n'as donc point de parents qui aient pu te soustraire à la tyrannie de Petrus Ahnesorge ?

— Je suis seule au monde.

— Et... et... il ne t'a pas révélé... Petrus Ahnesorge... il ne t'a pas révélé, ce qui devait résulter de nos amours ?

— Ce qui devait résulter de nos amours ? Non !... Il ne me l'a pas appris ; il m'a dit, il faut que tu aimes Karl Sprengel... que tu sois à lui ; tu es beau, tu as l'air bon, mon Karl, je t'ai aimé tout de suite... je me suis donnée à toi.

Le comte écoutait la jeune fille, en se demandant s'il ne rêvait pas. Quel intérêt pouvait avoir Petrus Ahnesorge à lui livrer cette jeune fille en la faisant passer à ses yeux pour la fille d'Aloysius Hoeffer ? Perdu dans un dédale inextricable de pensées, de suppositions, Karl demeurait muet, les yeux toujours tournés vers Marguerite.

— Tu ne me crois pas ? fit-elle, en se serrant plus étroitement encore contre lui.

— Si, si, pauvre enfant, repartit le comte, je crois que tu es l'instrument innocent, employé par Petrus Ahnesorge pour m'attirer dans quelque abîme...

— Un abîme ! lequel ? A présent que tu sais que je ne suis pas la fille d'Aloysius Hoeffer, qu'as-tu à redouter ? Si l'on te menace... je le dirai devant tous, moi, entends-tu, que je ne suis pas ce qu'on croit.

— Merci, merci, chère petite.

— Si quelque danger s'élève contre toi, dans ce château, je me mettrai entre toi et ce danger. Je t'aime tant, mon Karl, oh ! je t'aime tant, vois-tu ! J'irai au couvent, si telle est ma destinée... mais il ne t'arrivera rien à toi !... Rien. Oh ! tiens, mon Karl... encore un baiser, un seul, veux-tu, et, si tu l'ordonnes ainsi... je pars, je m'enfuis à l'instant même. Oh ! tu es marié, je ne l'ignore pas... Tu ne peux donc m'aimer longtemps !... Faut-il, pour te prouver que je ne suis pas une misérable créature, faire échouer les efforts de tes ennemis en te rendant ta liberté ; encore un baiser, Karl, un dernier... et je te dis adieu ! Commande, veux-tu que je meure ? Encore un baiser, et je vais mourir... pour te sauver.

Le comte réfléchissait de nouveau. La vérité est que la confession de la jeune fille ne jetait aucune clarté dans tout ce mystère. Fille d'Aloysius Hoeffer, ou seulement simple grisette, pourquoi Marguerite était-elle devenue sa maîtresse ? Cependant les lèvres de Marguerite s'étaient collées sur les siennes ; elle fit ensuite un mouvement pour s'élancer hors du lit.

— Où vas-tu donc ? s'écria Karl.

— Je vais mourir pour échapper à Ahnesorge, répondit Marguerite.

— Allons ! s'écria le comte, en la retenant, tu es folle, chère petite. Pourquoi mourrais-tu ? Tu m'as mis sur mes gardes en me confiant ce que tu connais des desseins, des manœuvres de Petrus Ahnesorge. Reste, reste, je le veux, je t'en prie ; reste, au moment où il le faudra, je me servirai de ton amour pour me défendre. Ah ! une question encore, connais-tu une femme nommée Ancilla ?

— Ancilla, répéta Marguerite, en paraissant chercher dans sa mémoire, Ancilla, non, je ne connais pas de femme de ce nom. Pourquoi me demandes-tu cela?

— Pour rien. Et cet Aloysius Hœffer, et sa femme, et leur fils qui t'appellent mon enfant, ma sœur, les avais-tu vus quelquefois?

— Jamais.

— Tu étais venue dans ce château, pourtant?

— Oui, avec Petrus Ahnesorge, il y avait quinze jours, lorsqu'il a été convenu que tu y viendrais aussi.

— Et ce Wilhelm, ce vieux domestique qui disait t'avoir vue enfant... ce n'est qu'un imposteur, comme les autres?

Marguerite sourit.

— Tous les gens qui sont dans ce château jouent la comédie, dit-elle.

— Et le dénouement de cette comédie... à ton idée... quel sera-t-il?

— Je l'ignore; ce que je puis croire, seulement... c'est qu'il doit t'être funeste.

— Funeste! Ah! tu as deviné...

— J'ai deviné que tu étais entouré d'ennemis, oui, mon Karl, c'est pour cela que je t'ai tout dit .. au risque d'un esclavage éternel! Mais non, l'esclavage, je ne le redoute plus. Oh! si l'on te faisait du mal à cause de moi, je te le répète, je me tuerais. Tu peux donc les braver comme je les brave moi-même.

— Oui, je les brave, et je t'aime, Marguerite, je t'aime, pour tes aveux, pour ta beauté, pour ton amour. Je t'aime?

. . . .

Au petit jour, seulement, Karl s'endormait dans les bras de Marguerite.

La jeune fille le regarda fermer les yeux, et quand elle le vit immobile :

— J'ai fait mon devoir, murmura-t-elle ; maintenant, quoi qu'il arrive, il ne saurait m'accuser.

Et, à son tour, elle s'endormit, souriante.

XXVIII

Trop tard.

Le soleil éclairait depuis longtemps la cime des grands arbres du parc de Roderick, lorsque Robert Huguet frappa à la porte de l'appartement du comte Sprengel. Le comte n'était pas levé encore, pas éveillé, même, car il se passa quelques minutes avant qu'il répondît à l'appel de son ami. Enfin il ouvrit sa porte. Robert remarqua, au premier coup d'œil qu'il jeta sur lui, que Karl avait les traits pâles et fatigués. En pénétrant dans la chambre à coucher du comte, Robert fut frappé du désordre qui y régnait; le lit surtout, avait, si nous pouvons nous exprimer ainsi, dans sa *physionomie* extraordinaire, quelque chose qui ne pouvait échapper à la perspicacité de l'artiste.

Le regard du comte rencontra le regard de Robert, comme ce dernier faisait ses rapides observations. Et le comte rougit en essayant de sourire. Robert, au contraire, était devenu sérieux.

— Dans une seconde je suis à vous, mon ami, s'écria Karl, en passant dans un cabinet de toilette. Voulez-vous m'attendre ici, préférez-vous que j'aille vous retrouver dans le parc?

— Je vous attendrai ici, si vous le permettez, répliqua Robert en s'asseyant.

— A votre aise.

Robert avait allumé un cigare. Pendant tout le temps que dura la toilette du comte, les deux amis, quoique séparés par une porte seulement, n'échangèrent point une parole. Enfin le comte se trouva habillé. Il alluma alors, à son tour, un cigare, et, invitant du geste son compagnon :

— Maintenant je suis à votre disposition, mon cher Robert, dit-il.

Il y avait dans la voix, dans la tournure du comte, une affectation à la gaieté, un laisser-aller que démentait l'expression de son visage. Vainement il voulait donner le change à Robert, malgré lui, il lui disait : « Vous avez tout deviné, je le sais, et vous allez me gronder, je le sais encore ! Et vous aurez raison ! » Les deux amis descendirent dans le parc, où ils marchèrent quelques minutes en continuant de garder le silence. Le comte attendait que Robert l'interrogeât. Robert attendait que le comte entamât de lui-même le chapitre des explications. Le comte, en effet, se lassa le premier du silence.

— Voyons, Robert, s'écria-t-il gaiement, en passant son bras sous le bras de l'artiste; après tout, je suis de chair comme un autre, n'est-ce pas? Suis-je donc si coupable parce que je n'ai pas eu la force de repousser une jolie fille qui s'est jetée dans mes bras !

— Ah! dit Robert en tressaillant, vous avouez donc !...

— A quoi me servirait-il de nier, parbleu !... vous ne me croiriez pas !

Karl conta à Robert comme quoi, en dépit de la sage mesure adoptée par eux l'avant-veille, la jeune fille était venue le trouver... Il lui conta encore comme quoi Marguerite lui avait appris qu'elle n'était point la fille d'Aloysius Hœffer... Il lui conta enfin tout ce que le lecteur sait déjà; tout, excepté sa rencontre à lui, Karl, sa rencontre nocturne avec Ancilla... Révéler cette rencontre à Robert, c'était s'exposer à un redoublement de reproches. Et le comte avait la conscience assez chargée sans s'attirer encore, par une telle confidence, un surcroît d'inquiétude. Robert laissa Karl se confesser jusqu'au bout, sans l'interrompre. Puis, quand son ami se tut, secouant tristement la tête :

— Karl, dit l'artiste, de tout ceci il résulte pour moi cette conviction : c'est que vous n'échapperez point, c'est que vous ne pouvez plus échapper, désormais, à la vengeance d'Ancilla... A moins d'une décision aussi prompte qu'irrévocable.

— Et cette décision... quelle est-elle?

— Les murailles de ce parc sont élevées, il est vrai, mais pas si élevées, néanmoins, qu'on ne puisse les franchir ! Si vous m'en croyez, Karl, nous fuirons à l'instant, à l'instant même, le château de Roderick.

Un éclat de rire jaillit des lèvres du comte.

— Fuir, dit-il... fuir! Et pourquoi?... Parce que nous savons à présent que Marguerite n'est pas la fille d'Aloysius Hœffer... qu'elle n'est qu'une grisette !... Mais vous plaisantez, je pense, Robert !

— Non ! non ! répliqua Robert avec véhémence, je ne plaisante point, Karl! Il faut fuir, parce que... vous n'en devez pas douter plus que moi, à cette heure... parce que vous avez mis le pied dans le piège qui vous est tendu?

— Quel piège? La possession d'une jolie fille? En tout cas, il faut reconnaître alors que Petrus Ahnesorge a de bien charmants moyens de se venger des gens qu'il déteste.

— De charmants moyens ! Mais...

— Mais que redoutez-vous pourtant, voyons, Robert ! que redoutez-vous pour moi ?... En quoi une nuit passée dans les bras d'une fille, qui m'apprend elle-même qu'elle n'est qu'une grisette, peut-elle aggraver ma position en ces lieux ! Si Marguerite était l'enfant d'Aloysius Hoeffer, à la bonne heure ! Tout en ayant pour moi l'excuse d'avoir cédé à la tentation plutôt que d'avoir appelé la séduction à mon aide, en ce cas, je pourrais m'attendre à une scène d'explications... sérieuses... dont un duel avec un père ou un frère... avec tous les deux, peut-être... serait le dernier mot ! Mais, je vous le répète, Marguerite est une de ces femmes que l'on possède... sans avoir à craindre, de qui que ce soit... ni récriminations, ni plaintes !

— Cependant, vous reconnaissez que Petrus Ahnesorge a eu ses motifs pour jeter ainsi cette jeune fille dans vos bras !... qu'elle soit une grisette ou non ?

— Sans doute ! Je reconnais que Petrus Ahnesorge n'a pas agi sans raisons, en disant à Marguerite : « Sois la maîtresse du comte. »

— Et vous vous imaginez, parce que Marguerite, touchée de repentir, peut-être, vous a avoué qui elle était... vous vous imaginez que vous êtes à l'abri de tout péril ?

— Mais quel péril, encore une fois, quel péril voyez-vous donc dressé contre moi dans tout ceci, Robert ? Car, vraiment, je me lasse aussi, nouveau Don Quichotte, de prendre pour des châteaux forts des moulins et des chaumières ! Il est possible... Petrus Ahnesorge a compté sur ma faiblesse en mettant une adorable créature dans mes bras. J'ai été faible... bon ! Mais ensuite, ensuite ? Qu'adviendra-t-il ? Quand, durant une douzaine de jours encore que j'ai à passer à Roderick, je verrais douze nuits de suite Marguerite, que concluez-vous de là ? Marguerite n'est ni un spectre, ni une goule, je suppose... qui, une de ces nuits, me réveillera en me dévorant le cœur !... Je ne crois pas aux goules, d'abord ! Et vous ?

Karl riait ; mais Robert ne riait point.

— Tenez, reprit le comte, d'un ton où commençaient à vibrer l'impatience, la colère ; tenez, Robert, il en est encore temps, d'ailleurs... s'il vous déplaît d'assister à une lutte... qui, j'en conviens, a des côtés étranges, justement parce qu'elle est d'autant plus voilée de fleurs et de sourires ; eh bien ! que je ne vous retienne pas ! Vous parliez, il n'y a qu'un instant, de murailles à franchir ; soit ! Partez, Robert, partez ; dans douze jours vous viendrez me chercher... Eh ! mon Dieu ! ce n'est point parce que je resterai seul à Roderick que je me croirai plus exposé.

Robert fronça les sourcils...

— C'est mal, ce que vous dites-là, Karl, fit-il ; c'est très-mal. J'ai juré de ne point vous abandonner, je ne vous abandonnerai point.

— Soit ! Alors, prenez donc, comme je les prends moi-même, en riant, les aventures qui nous sont réservées dans ce château... et...

Le comte s'interrompit brusquement ; il venait d'apercevoir au loin, dans une allée, Marguerite qui se dirigeait vers lui.

— Et, continua-t-il en baissant la voix, et laissez-moi profiter de cette bonne fortune inattendue : celle de posséder une jeune fille... Ah ! mon cher !... une jeune fille... qui, toute grisette qu'elle est, vaut, je vous le jure, une foule de grandes dames...

Marguerite s'avançait...

— Ainsi, dit Robert en regardant son ami en face, ainsi... cette jeune fille vous plaît ?

— Beaucoup.

— Vous l'aimez, peut-être ?

Karl haussa les épaules.

— Vous divaguez, Robert, répliqua-t-il. Je vous ai dit que cette jeune fille me plaisait... de là à l'amour, il y a la distance d'un monde !

Robert respira plus à l'aise. Marguerite s'avançait toujours... elle n'était plus qu'à quelques pas.

— Pas un m... de ce que vous savez, devant elle, n'est-ce pas, Robert ? murmura Karl.

— Ne craignez rien, répliqua Robert. Quoique, malgré ce que vous pouvez penser, je n'aie pas grande confiance dans la sincérité des sentiments de mademoiselle Marguerite... c'est une femme... cela doit suffire, à mes yeux pour que je la respecte. Seulement...

— Seulement ?

— Eh bien !... seulement... tandis que vous vous endormirez, beau Renaud, dans les bras de cette Armide... vous ne me défendrez pas de veiller, n'est-il pas vrai ?

— Oh ! veillez ! veillez tant qu'il vous plaira, si cela vous amuse, mon bon Robert !...

— Merci.

XXIX

Où Petrus Ahnesorge reparaît à son tour.

Il y avait dix jours, maintenant, que le comte Sprengel habitait, avec Robert, le château de Roderick, et rien encore, rien de terrible, rien de surprenant n'était venu justifier les menaces d'Ancilla à Karl, non plus que les promesses de Petrus Ahnesorge au comte, de le forcer à se courber sous le coup d'une terreur irrésistible. Pour Karl, les journées s'écoulaient en promenades dans le parc, ou aux environs, en compagnie de Marguerite, qui devenait de plus en plus tendre et affectueuse. Les nuits, le comte les passait dans les bras de la jeune fille... Et, il se l'avouait quelquefois à lui-même, ces nuits, lorsqu'il faudrait en interrompre la continuité, le comte devrait en regretter souvent les charmes !... Qu'était-ce que le sentiment qu'il éprouvait pour Marguerite ? Karl ne s'en rendait point compte. Aimait-il Marguerite ? non... car auprès d'elle il songeait à Clotilde... et il lui arrivait souvent, alors, de rougir au souvenir de cette noble et charmante femme qu'il trompait indignement ! Cependant, la passion du comte pour Marguerite, cette passion qui lui faisait dévorer des heures, des nuits entières, en caresses de flamme, n'était pas non plus une affaire des sens, seulement. Composé bizarre de pudeur angélique et d'effervescence de démon, Marguerite, sans que Karl pût s'opposer à cette influence, avait pris sur l'âme du comte un ascendant prodigieux. Le comte, lorsque les lèvres de sa maîtresse se posaient sur les siennes, frémissait aussitôt comme s'il eût senti en même temps un poison enivrant s'infiltrer dans ses veines... et au lieu de repousser ce poison, il l'aspirait avidement, à grands traits. Chaque matin, saisi d'un vague remords, d'une secrète défiance, il se jurait de demeurer insensible, le soir, aux attraits de la sirène... et, le soir arrivé, il attendait avec une impatience fiévreuse l'instant où elle accourrait près de lui... et, quand elle était près de lui, considérant d'un œil humide de volupté et de douleur, tout à la fois,

cette créature, jetée par la volonté d'un miséra·
proie à quelque dessein ténébreux et cruel, sans doute, Karl
se disait :

— Oh ! du moins, quand je ne la verrai plus, je veux
qu'elle soit heureuse ! Que ce soit, ou non, par elle, que je
doive être frappé de quelque vengeance sinistre, je n'ou-
blierai jamais que son corps seul a obéi à mes ennemis,
mais que son cœur, purifié par l'amour, est demeuré en
dehors d'un pacte infâme !

. . . .

Il y avait donc dix jours que le comte Sprengel était avec
Robert Huguet au château de Roderick. Et, à deux repri-
ses, pendant ces dix jours, le comte avait écrit à sa femme,
en lui annonçant son prochain retour... Robert avait écrit
à sa fiancée, sa chère Anna, en lui annonçant, de son côté,
qu'avant peu il serait à ses pieds. Ces lettres, Robert lui-
même avait été les porter à la poste à Eberswalde... Car...
— un détail qu'il n'est pas inutile de mentionner ici... —
car, depuis le jour où le comte était devenu l'amant de
Marguerite, la sévérité du sieur Wilhelm à l'égard des deux
hommes, — qui avaient pu se considérer, d'abord, comme
prisonniers au château de Roderick, — cette sévérité s'é-
tait relâchée comme à miracle. Le comte et son ami sor-
taient quand il leur plaisait.

Aloysius Hoeffer, sa femme, son fils... — et le pianiste
Franck Schwartz aussi, — avaient seuls conservé leur physionomie quasi-cérémonieuse du premier jour. Les personnages des trois premiers... ces personnages de père, de
mère et de frère de Marguerite, c'est-à-dire d'une jeune
fille toujours pendue au bras d'un étranger... n'avaient
point varié d'une ligne comme ensemble. C'était toujours,
quand elle était au milieu d'eux, la même affection calme et
sérieuse. Le comte et Robert n'eussent pas su que Marguerite n'était ni la fille, ni la sœur de ces gens, qu'ils se fussent étonnés, à bon droit, de la liberté qu'ils laissaient à

aumant ce qu'ils savaient, ils s'étonnaient que
ces gens persistassent, aussi imperturbablement, à jouer
leurs rôles !... Puisqu'ils ne se servaient point de leur qualité de père, de mère et de frère, pour s'immiscer dans des
amours... qu'ils avaient assurément devinées... à quoi bon
ces titres de frère, de mère et de père, dont ils continuaient
de se parer ?

Pour tuer le temps, tandis que le comte courait à cheval,
avec Marguerite, les bois et les montagnes, Robert Huguet
avait entrepris le buste en pierre de Franck Schwartz. Cet
homme, avec ses allures timides, presque farouches, son
éternel mutisme, cet homme qui ne semblait s'animer et
vivre que lorsque le clavier du piano résonnait sous ses
doigts, avait inspiré à Robert je ne sais quelle sympathie.
Il lui semblait que Franck Schwartz souffrait de quelque
mal inconnu, et contre lequel tout effort de sa part était
inutile. Mais son visage amaigri, ses grands yeux bleus, sa
bouche décolorée, avaient parfois une si douce expression
que, encore une fois, Robert s'était senti porté à la pitié
pour Franck Schwartz. Un jour qu'ils étaient seuls ensemble, Robert avait essayé de tirer quelque aveu de Franck, et
Franck avait baissé la tête sans répondre. Alors, Robert
lui avait proposé de lui faire son buste... et Franck, souriant, avait murmuré :

— Je le veux bien ! Du moins, de cette façon, après moi,
il restera quelque chose de moi.

. . . .

C'était donc le dixième jour du séjour de Karl Sprengel
et de Robert au château de Roderick. Il était deux heures
de l'après-midi. Le comte venait de partir avec Marguerite
pour une promenade en calèche, aux environs. Robert était
avec Franck Schwartz dans l'atelier d'Edgard Hoeffer.
Franck posait, Robert travaillait, Edgard, lui-même, de
son côté, était en train de donner quelques retouches à un
tableau. Le temps, qui avait été magnifique toute la ma-

tinée, commença à se brouiller lorsque deux heures sonnèrent. Des nuages, venus du midi, tachèrent subitement
l'horizon; en même temps, l'air, un instant auparavant,
vif, sec, presque froid, devint lourd, épais, humide.

— Hum! hum! fit Robert, il y aura de l'orage, ce soir,
je crois.

— Oui, répéta Edgard Hoeffer, en jetant brusquement
sur une table et palette et pinceaux, il y aura de l'orage.
Ah! pour ma part, je ne sais ce que j'éprouve, mais on dirait qu'il m'est tombé une masse de plomb sur le crâne!...
Je n'y vois plus!

Edgard s'était levé en parlant ainsi; il s'approcha machinalement d'un almanach appendu à une muraille, et se
penchant pour le consulter :

— Nouvelle lune, ce soir, à minuit! fit-il. C'est cela!
c'est bien cela! Voilà pourquoi le temps a ainsi changé tout
d'un coup.

— Ah! reprit Franck Schwartz, en tournant les yeux
vers Edgard, c'est nouvelle lune ce soir; vous en êtes certain, mon ami?

— Très-certain. Pardieu! regardez.

Edgard tendait l'almanach au pianiste; celui-ci fit un
geste répulsif.

— Non! non!... C'est inutile, balbutia-t-il; je vous
crois, Edgard... je vous crois... je n'ai pas besoin de regarder pour vous croire. C'est nouvelle lune!... Ah! c'est
nouvelle lune! Monsieur Robert...

Franck Schwartz s'était avancé du côté de Robert, qui
écoutait les deux hommes, tout surpris de les voir aussi
préoccupés d'un changement de lune que s'il se fût agi d'un
cataclysme imminent... surpris, surtout, de ce que Franck
Schwartz, qui ne parlait jamais, eût recouvré la parole justement à propos d'une circonstance qui lui paraissait assez
futile.

— Monsieur Robert, poursuivit Franck Schwartz en sa-

luant gauchement le sculpteur, je vous demande bien pardon, entendez-vous... mais... je suis comme mon ami Edgard... les variations de l'atmosphère ont une grande puissance sur mon organisme. Si vous le permettez, nous sus-
pendrons la séance, et nous irons faire un tour de parc.

— C'est cela! s'écria Edgard, allons faire un tour de
parc!

— Comment donc! dit Robert; mais à vos ordres, messieurs.

Les trois jeunes hommes descendirent de l'atelier. Sous
le péristyle, ils se rencontrèrent avec M. et madame Hoeffer.

— Ne trouvez-vous pas qu'il y a comme du soufre dans
l'air, messieurs? s'écria Aloysius Hoeffer, en apercevant
Robert, Edgard et Franck. Tenez, voilà ma femme qui ne
tient pas en place, depuis un instant, et moi-même... oh!
moi-même, pour un peu, je prendrais un bain dans l'étang,
tant je me sens agité.

— Cela n'a rien d'étonnant, mon père, dit Edgard...
C'est nouvelle lune ce soir...

— Ah! c'est nouvelle lune! répétèrent en même temps
Aloysius Hoeffer et sa femme.

Et ils échangèrent avec Edgard et Franck un regard
étrange... un regard où il y avait presque de l'inquiétude...
presque de la crainte.

— Ah çà! pensa Robert, à qui cet échange de coups
d'œil, tout rapide qu'il fût, n'échappa point; ah çà! ces
gens-là deviennent-ils maniaques? Qu'ont-ils donc avec
leur nouvelle lune? Décidément, il paraît que c'est un événement pour eux... et un événement des plus graves que
celui des conjonctions de cet astre!

Cependant, Aloysius Hoeffer, sa femme et son fils, Franck
Schwartz et Robert Huguet allaient sortir du château...
Déjà le premier mettait le pied sur le perron. A ce moment
une porte, celle du salon, s'ouvrit. Petrus Ahnsorge parut
inopinément sous le péristyle.

— Eh! eh! fit-il; — et, à cet éclat de rire qui retentit comme le bruit d'une crécelle aux oreilles de Robert, Aloysius et sa femme, et son fils, et Franck Schwartz, s'arrêtèrent aussitôt. — Eh! eh! mon cher beau-frère, ma chère sœur, mon beau neveu, et vous, mon aimable Franck, j'ai deux mots à vous dire à tous, s'il vous plaît! vous irez vous promener ensuite. Excusez-moi, mon bon monsieur Robert, excusez-moi, n'est-ce pas; mais une affaire importante de famille!

Robert s'inclina. Les trois Hoeffer et le musicien, passant gravement devant Robert et Petrus Ahnesorge, étaient déjà entrés dans le salon. Avant de les y suivre, Petrus Ahnesorge, s'adressant de nouveau à Robert, lui dit :

— Et ma jolie nièce... elle est à la promenade, n'est-ce pas, avec votre ami, le comte Sprengel?

— Je le crois, monsieur, répliqua Robert.

— Bon! bon!

Petrus Ahnesorge consulta sa montre.

— On m'a appris de quel côté ils avaient l'habitude de se diriger. Je saurai bien les rejoindre... avant que...

— Avant que? répéta Robert, surpris de l'espèce d'inquiétude que manifestait, à son tour, le médecin.

Ce dernier considéra son interlocuteur une seconde, en souriant, puis, d'un ton railleur :

— Avant qu'il ne pleuve, parbleu! reprit-il. Ne voyez-vous pas, cher monsieur Robert, que le temps menace... que le ciel se couvre. Ces tourtereaux sont en calèche découverte... je veux courir les inviter à rentrer au plus vite... Voilà tout! Eh! eh! voilà tout. Les orages sont fort dangereux en automne... fort dangereux!... Eh! eh!...

— Vraiment, docteur Ahnesorge, ce n'est que par intérêt pour... votre nièce et mon ami... à propos d'un orage... que vous reparaissez de la sorte, tout d'un coup, à Roderick?

— Pas pour autre chose, cher monsieur Robert, pas pour autre chose! Oh! je suis un drôle de corps, voyez-vous, moi! Eh! eh! eh!... Mais je bavarde, et ma famille m'attend! Au revoir, cher monsieur Robert. J'aurai l'honneur de dîner avec vous aujourd'hui. Au revoir.

Et le docteur entra dans le salon. Il y demeura dix ou douze minutes, tout au plus. Au bout de ce temps, Robert, qui était descendu dans le parc, le vit passer dans une allée, monté sur un cheval lancé au grandissime galop. La grille était ouverte. Le docteur disparut dans la direction qu'avait prise la calèche emportant Karl et Marguerite.

XXX

L'esclave du docteur.

Ce jour-là, Marguerite était plus jolie qu'à l'ordinaire... Et aussi plus tendre, plus aimante. Le lieu de la promenade habituelle de nos amants était la lisière d'un grand bois s'étendant au-dessus de la rive d'une rivière qui prenait sa source à quelques lieues d'Eberswalde. Arrivés sur cette rive, Karl et Marguerite mettaient pied à terre, et ordonnant au cocher et au valet de les attendre, ils s'enfonçaient dans quelque allée sinueuse du bois où ils devisaient à leur aise. Ce jour-là, il était question, entre Karl et Marguerite, de leur prochaine séparation. Un sujet assez fâcheux pour-

tant en lui-même, me direz-vous, pour qu'on puisse s'étonner qu'il rendît Marguerite plus tendre, plus aimante et plus jolie qu'à l'ordinaire... Cela était pourtant. Au reste, écoutez causer Marguerite et Karl, vous aurez la preuve que je ne vous ai point trompé.

— Ainsi, disait Karl à Marguerite, — au moment où nous nous approchons d'eux, — ainsi, tu me l'as promis, chère enfant, lorsque... dans cinq jours... plus que cinq jours, tu entends... je me trouverai dégagé de la parole que j'ai donnée à Petrus Ahnesorge... du serment que je lui ai fait d'obéir sans conteste à tout ce qu'il exigera de moi, tu me le promets, tu déclares devant lui, devant tous, que tu n'es pas plus sa nièce que tu n'es la fille d'Aloysius Hoeffer. Et, fort de cette déclaration, je te soustrais à la tyrannie étrange de cet homme. Pauvre petite! tu le sais pourtant, en t'arrachant à cette espèce d'esclavage qui pèse sur toi, tu ne dois pas t'attendre non plus...

Marguerite interrompit le comte d'un geste.

— Je vous ai déjà dit que je ne vous demandais rien, Karl, fit-elle; vous me donnez, je prends, voilà tout... et je prends avec reconnaissance, sans doute, mais sans songer à vous imposer une tâche plus lourde que celle que vous voulez vous imposer vous-même. Karl, mon ami, j'ai de la raison d'ailleurs. Je n'ai jamais espéré que vous me sacrifieriez ceux qui vous sont chers... ceux qui ont droit à votre tendresse... à votre estime... Que suis-je? une pauvre fille! Une pauvre fille dont le seul mérite est d'avoir été sincère avec vous! Pour me récompenser de vous avoir prouvé que j'avais un peu de cœur, vous m'offrez de vous charger de mon avenir! Qu'ai-je à désirer de mieux? Dans cinq jours, lorsque nous nous dirons adieu, vous pour retourner près de votre femme et de votre fille, moi pour me retirer dans cette maison où, par vos soins, on m'aura préparé un asile, si je pleure alors, si je pleure... un peu... beaucoup peut-être, mon Karl... il faudra me pardonner! On ne quitte pas sans pleurer un bonheur tel que celui que je goûte auprès de vous!... Mais il faudra aussi vous dire :

« Elle est forte!... elle est courageuse! Elle ne m'oubliera pas!... elle ne m'oubliera jamais!... mais elle n'essayera pas non plus de troubler ma vie!... parce qu'elle sait que troubler ma vie serait un crime de sa part! »

Karl pressa Marguerite contre son sein.

— Oui, oui, reprit-il, tu as un cœur d'or, Marguerite; aussi, je ne te le cache pas, il est des instants où je souffre à la pensée d'être forcé bientôt de te perdre.

— Oh! vous ne me perdrez pas, Karl. De près, comme de loin, je resterai votre bien.

— Mon bien, chère enfant, à quoi bon un bien dont on ne saurait profiter? Non, non! Dans cette maison où je t'ai marquée une place, dans cette famille qui, selon mes vœux, deviendra avant peu la tienne... — une famille de paysans... de simples paysans, Marguerite! Mais ne vaut-il pas mieux une chaumière où l'on dort en paix, qu'un hôtel, un palais où la honte, le chagrin vous assiégent! — dans cette famille, enfin, où je te conduirai moi-même, tu trouveras, je l'espère, avant peu, outre un père et une mère, un époux aussi... un digne et brave garçon qui sera enchanté de posséder un trésor tel que toi.

— Un époux! murmura Marguerite en hochant la

— Tu refuses?

— Non!... Eh! suis-je en
Mais, j'aurais préféré...

— Eh bien?

— Eh bien! j'aurais préféré...

Marguerite n'acheva point ; depuis quelques instants, une pâleur mate avait envahi son visage ; ses membres étaient agités de mouvements nerveux ; son regard était devenu fixe et terne... Karl, qui attribuait ce désordre subit au sujet même de son entretien avec la jeune fille, Karl, en la voyant s'arrêter ainsi brusquement au milieu d'une phrase, lui prit les mains, et d'une voix affectueuse :

— Allons, fit-il, allons, chère enfant, parlons d'autre chose, veux-tu ? Je suis là à te tourmenter avec l'avenir... ne songeons qu'au présent, puisqu'il est à nous.

— Oui, murmura Marguerite, oui... ne songeons...

Elle s'interrompit de nouveau, et, promenant ses yeux autour d'elle d'un air qui effraya le comte, elle poussa un soupir.

— Mais qu'as-tu donc ? s'écria le comte ; souffres-tu, Marguerite ?

Elle porta ses deux mains à son front.

— Oui, répliqua-t-elle, oui, je souffre... Mon front est brûlant.

— Nous allons retourner au château ; viens !

— Tout à l'heure !... attendez... Oh ! cela va se passer sans doute !... C'est... Est-ce que vous ne trouvez pas comme moi, Karl, qu'il fait bien chaud ?...

— En effet. Un orage qui s'apprête ; raison de plus pour retourner au château. Donne-moi ton bras.

Marguerite allait se rendre à l'invitation du comte ; tout à coup, elle pencha la tête en avant... prêta l'oreille, et souriant d'une façon étrange :

— Ah ! ah ! dit-elle : n'entendez-vous point le bruit du galop d'un cheval, Karl ?

Le comte écouta à son tour.

— Tu as raison, dit-il... et ce bruit se rapproche de plus en plus !... Mais que nous importe ? pourquoi nous occuper...

Marguerite interrompit le comte par un geste suppliant.

— Karl, reprit-elle, Petrus Ahnesorge nous cherche !

— Petrus Ahnesorge nous cherche ! répéta Karl étonné. Comment le sais-tu ?

La jeune fille haussa les épaules avec impatience.

— Je le sais... cela suffit, dit-elle.

— Enfin... pourquoi nous cherche-t-il ?... que nous veut-il ? et en quoi son arrivée près de nous peut-elle causer l'émotion que tu parais éprouver ?

— L'émotion !... l'émotion !... Je ne suis pas émue... Seulement !... Oh !... comme la tête me fait mal, mon Dieu ! Seulement... je t'en conjure, Karl ! Tu me l'as promis, tu me l'as juré... tu ne diras pas au docteur... ce que je t'ai dit... que je ne suis pas la fille d'Aloysius Hoeffer !...

— Rassure-toi ! je ne dirai rien !... avant cinq jours !

— Merci !... Oh ! c'est que vois-tu... j'ai peur de Petrus Ahnesorge... j'ai bien peur ! Ah ! le voilà !

Tandis que Karl et Marguerite causaient ainsi, le bruit produit par les sabots d'un cheval sur la terre battue, était devenu de plus en plus distinct. Au moment où Marguerite prononçait ces mots : « Le voilà ! » Petrus Ahnesorge paraissait dans l'allée où se promenaient les amants ; deux secondes encore, et il sautait à bas de sa monture, en face d'eux. Le premier regard de Petrus Ahnesorge fut pour Marguerite, et Marguerite, tressaillant sous ce regard comme l'alouette doit tressaillir quand elle aperçoit le vautour prêt à fondre sur elle, s'appuya en chancelant contre un arbre... Cependant... elle souriait... elle souriait en même temps à Petrus Ahnesorge.

— Monsieur le comte, j'ai l'honneur de vous saluer, fit ce dernier du ton le plus dégagé. Je vous dérange dans votre promenade avec ma chère nièce... Ne m'en veuillez pas ! J'ai à faire à cette belle enfant une communication qui ne souffre pas le moindre retard... vous permettez ?

Sans attendre la réponse du comte, le docteur avait marché vers Marguerite. Le comte vit celle-ci pâlir encore et s'incliner au moment où son oncle lui prit le bras... Par un mouvement indépendant de sa volonté, le comte allait s'élancer entre la jeune fille et le vieillard. Mais, au lieu de s'avancer, il recula... au comble de la surprise. Petrus Ahnesorge n'avait dit qu'un mot... tout bas... un seul mot à Marguerite... Et Marguerite était redevenue fraîche et rose, et joyeuse comme au premier jour, au premier moment où le comte l'avait vue.

— Merci, mon oncle, merci de cette bonne nouvelle ! s'écria-t-elle.

Et se dirigeant d'un pas assuré vers Karl :

— Monsieur le comte, fit-elle, je crois qu'il est temps que nous retournions au château.

— Où je vous accompagnerai, s'il vous plaît, reprit Petrus Ahnesorge, qui était déjà retourné vers l'endroit où il avait laissé son cheval, — tout blanc d'écume, par suite de la course qu'il venait de fournir.

Sans répliquer, le comte s'était mis à marcher près de la jeune fille. Cependant, au moment où il montait auprès d'elle dans la calèche qui, sur les ordres de Petrus Ahnesorge sans doute, était venue au-devant des amants, Karl ne put s'empêcher de dire à demi-voix à Marguerite :

— Que s'est-il donc passé, quelle bonne nouvelle vous a-t-il donc apportée ?

— Je vous l'apprendrai ce soir, murmura-t-elle, taisez-vous.

. . . .

La voiture roulait. Cavalier consommé, Petrus Ahnesorge galopait à la portière en souriant de temps à autre à Marguerite, qui lui souriait aussi. Un peu remis de la stupéfaction que lui avait causée la scène que nous venons de rapporter, Karl, en y réfléchissant, avait résolu de ne point donner au médecin la satisfaction de le voir préoccupé.

— Vous voici donc de retour à Roderick, docteur ? dit-il.

— Comme vous voyez, cher comte, répliqua Petrus Ahnesorge.

— Pour longtemps ?

— Longtemps, non ; j'aurai l'honneur de dîner avec vous aujourd'hui, puis je vous quitterai.

Au surplus, cher comte, vous même, vous ne l'ignorez pas, vous n'avez plus que quelques jours à passer chez Aloysius Hoeffer ; cinq jours, plus que cinq jours. Avouez néanmoins que, malgré le bon accueil que vous avez pu recevoir à Roderick, vous ne serez pas fâché de retourner à Berlin ?

Le ton de Petrus Ahnesorge était goguenard.

— Mon Dieu, répliqua Karl du même ton, vous vous trompez peut-être, *et pour ce que cela me coûte*, si je n'étais désiré chez moi, pour vous obliger, je resterais bien encore une quinzaine chez votre beau-frère.

— Vraiment ! Enchanté alors de vous avoir été si agréable, monsieur le comte ; enchanté, eh ! eh !

La calèche venait d'entrer dans le parc, elle fit halte devant le perron du château. Tout le monde était réuni au grand salon. A l'apparition du comte, de Marguerite et de Petrus Ahnesorge, ce fut, de la part de la famille Hoeffer, un hourrah de joie; on eût dit qu'ils avaient été séparés depuis des siècles.

— Une bouillotte, monsieur le comte, une bouillotte à un thaler la fiche, cela vous va-t-il avant le dîner, et tandis que ces dames vont s'occuper de leur toilette?

C'était Petrus Ahnesorge qui adressait cette proposition à Karl Sprengel.

— Soit, va pour une bouillotte, répliqua ce dernier.

Tandis qu'un domestique préparait une table de jeu, Robert Huguet avait pris Karl à l'écart.

— Concevez-vous quelque chose à ce qui se passe aujourd'hui, mon ami? dit l'artiste à demi-voix.

— Que se passe-t-il donc? repartit Karl.

— Comment! vous ne voyez pas tous ces visages joyeux.

— Sans doute; eh bien?

— Eh bien! je ne sais s'il en a été de même avec Marguerite, mais, avant que Petrus Ahnesorge ne fût arrivé au château, ses maîtres avaient l'air d'âmes en peine.

— Ah! fit le comte; expliquez-vous, Robert.

— Que je m'explique! Comment voulez-vous que j'explique ce que je ne comprends pas?

— Mais qu'entendez-vous par cette expression d'âmes en peine?

— J'entends qu'Aloysius Hoeffer, sa femme, son fils, et Franck Schwartz lui-même, tremblaient tous, en proie à un trouble, à une inquiétude, à un malaise extraordinaires.

— Et quels étaient les motifs de ce malaise, de ce trouble, de cette inquiétude?

— Eh! le sais-je, encore une fois; ils parlaient de l'orage qui menace, du changement de lune...

Le comte fronça le sourcil.

— L'orage! murmura-t-il : Marguerite souffrait aussi, disait-elle, de l'approche de l'orage.

— Et l'aspect de Petrus Ahnesorge l'a calmée aussitôt?

— Oui.

— Comme les autres!... Karl.

— Mon ami.

— Il m'est venu un soupçon.

— Lequel?

— C'est qu'on nous prépare, pour ce soir, quelque spectacle, quelque coup de théâtre inattendu! Qu'est-ce que cela pourra être? je l'ignore; mais...

— Mais Marguerite m'a promis de me donner la clé de ce mystère; attendons.

— Attendons, je le veux bien; seulement, tenons-nous sur la défensive.

— Soyez tranquille; ce château se transformât-il subitement en une caverne de brigands, en un repaire de fantômes, je défie Petrus Ahnesorge de m'arracher une exclamation qui soit autre qu'une exclamation de mépris et de pitié.

— Quand il vous plaira, messieurs : les cartes vous attendent.

C'était Petrus Ahnesorge qui appelait ainsi le comte et son ami à la table de jeu. La partie s'engagea; le comte et Robert Huguet y eurent un bonheur insolent. De trois heures jusqu'à six, où l'on annonça que le dîner était servi, ils gagnèrent sans cesse. Au surplus, Petrus Ahnesorge et Aloysius Hoeffer perdaient avec un entrain, une grâce de grands seigneurs. Jusqu'au dernier moment, il ne leur échappa point un mot, un mouvement d'humeur contre la

mauvaise fortune. On eût dit, au contraire, qu'ils étaient ravis de perdre tous les deux. La seule allusion détournée que se permit Petrus Ahnesorge, au moment où l'on abandonna les cartes, fut celle-ci :

— Voilà une éclatante revanche de notre fameuse partie au cercle, monsieur le comte.

— Il est vrai, docteur, répliqua ce dernier, qui ajouta en riant et en se penchant à l'oreille d'Ahnesorge :

— Heureusement... pour vous, n'est-ce pas, que vous ne considérez pas la partie comme terminée?

— Ma foi! répliqua le médecin d'un air hypocrite... à peu près, cher comte... à peu près!...

— Bah! fit le comte, douteur.

— Oui, reprit Ahnesorge; je commence à croire, franchement, que vous êtes trop fort pour moi. Je perdrai la partie... tout entière.

. . . .

Le souper était plus somptueux, plus délicat encore que d'habitude. Des mets, des vins de toute sorte y circulaient à profusion. Il parut à Karl et à Robert que Petrus Ahnesorge les excitait, plus qu'il n'était utile, à faire honneur à ce festin... Aussi opposèrent-ils prudemment, à de trop généreuses avances, une réserve extrême. A sa troisième ou quatrième tentative, Petrus Ahnesorge, voyant que le comte et l'artiste laissaient, en dépit de ses invitations, leurs verres pleins, Petrus Ahnesorge renonça à les presser davantage.

— Décidément, messieurs, s'écria-t-il en raillant, vous vous défiez de moi!

— Nous défier de vous, docteur! répliqua Karl Sprengel du même ton, allons donc! Nous nous défions de notre tête, rien de plus!

Le dîner achevé, on passa au salon. Cette soirée, sauf une nuance de gaîté en plus, fut à peu près la répétition des précédentes. On causa, on joua, on fit de la musique. Franck Schwartz exécuta, au piano, une mélodie nouvelle, qui fut accueillie par d'unanimes applaudissements. Marguerite chanta... C'était la première fois qu'elle se faisait entendre devant le comte et Robert Huguet. Ils furent émerveillés du talent de la jeune fille. Enfin, onze heures sonnèrent... le signal de la retraite, on le sait. Petrus Ahnesorge, le premier, se leva.

— Au revoir, messieurs, dit-il à Karl et à Robert.

— Au revoir... demain, sans doute, docteur? répliqua Robert; car vous couchez au château, je pense?

— Non, dit Petrus Ahnesorge : je suis obligé de retourner à Berlin cette nuit même. Voilà pourquoi je vous dis : « Au revoir, messieurs. A bientôt. » Et non : « A demain. »

XXXI

Ils sont fous.

L'orage, comme s'il eût attendu le moment du départ de Petrus Ahnesorge pour éclater, était dans toute sa furie au moment où les habitants du château de Roderick se retiraient, chacun de son côté, dans leurs appartements. C'était la seconde nuit troublée par la tempête que le comte Sprengel et Robert Huguet passaient à Roderick. Etait-ce par suite d'une disposition particulière, indépendante de leur volonté, était-ce l'effet de quelques gorgées de vin de Champagne et de Bourgogne qu'ils avaient bues, mais, en rentrant chez eux, Karl et Robert se sentirent incapables de se livrer, comme il leur arrivait chaque soir, aux douceurs de la causerie.

— A demain, se dirent-ils en se serrant mutuellement la main.

Et ils se séparèrent. Nous suivrons, si vous le voulez bien, lecteur, nous suivrons d'abord Robert Huguet dans son appartement. Nous vous avons dit que Robert, à l'exemple de Karl, paraissait sous l'influence d'un violent besoin de sommeil en rentrant chez lui. Sa porte à peine fermée, il se mit donc en devoir de se déshabiller et de se mettre au lit. Il n'avait pas retiré son habit, cependant, que, pris, en quelque sorte, d'un retour subit sur lui-même, il s'arrêta... La pluie, une pluie mêlée de grêle, battait les fenêtres; le vent hurlait... la foudre hurlait plus fort encore.

— Ah çà, murmura l'artiste, le monde, comme disent les poètes classiques, va-t-il donc *se dissoudre!* Parbleu! si les éléments eux-mêmes sont d'accord avec Petrus Ahnesorge, pour troubler l'économie de mon esprit, je ne serais pas fâché de voir un peu comment ils s'acquittent de leur emploi. Et puis...

Et, en prononçant ces mots, Robert se frottait les yeux du bout des doigts.

— Et puis... continua-t-il, tout raisonné, je n'aime pas cette envie de dormir qui m'alourdit! Pourquoi diable, de son côté, Karl m'a-t-il si vite dit : Bonsoir! Hum!... Est-ce qu'il y aurait encore de l'opium, sous jeu, cette nuit?

Robert avait ouvert la fenêtre de sa chambre à coucher. L'air, en se jouant dans ses cheveux, l'eau, en fouettant son visage, le réveillèrent. Comme il ne pouvait, néanmoins, demeurer longtemps exposé de la sorte, à demi vêtu, sans risquer d'être inondé au bout de quelques minutes, il referma la croisée, et, tout frissonnant de froid, revint s'asseoir devant le feu. Doucement ranimé, bientôt, par la chaleur, il sentit, bientôt aussi, renaître l'influence du sommeil. Après tout... un peu plus tôt ou un peu plus tard... il fallait bien qu'il dormît! Il était étendu dans un large fauteuil, la tête appuyée au dossier, les pieds reposant sur un autre fauteuil. Il ferma les yeux.

. . . .

Combien de temps Robert resta-t-il ainsi endormi? Une heure environ. Un contact brutal le tira de son assoupissement. Il avait senti une main presser la sienne. Il bondit sur son fauteuil... écarquilla les yeux... Aloysius Hoeffer était devant lui; Aloysius Hoeffer, debout, drapé dans sa robe de chambre, une espèce de registre à la main.

— Qu'y a-t-il pour votre service, cher monsieur? s'écria Robert, non moins étonné de cette visite que de la façon grave, presque sombre, dont son hôte le considérait.

Aloysius Hoeffer salua Robert.

— Il y a, fit-il, qu'il faut me suivre à l'instant même, monsieur.

— Il faut vous suivre? Et où cela?

— Vous le savez bien!

— Pas le moins du monde, je vous jure.

Aloysius Hoeffer sourit.

— Allons! reprit-il, vous êtes discret, cher ami; vous craignez, je le vois, que quelqu'un ne soit aux écoutes. Rassurez-vous; les domestiques sont éloignés; tout le monde repose dans la citadelle; venez donc, les conjurés nous attendent. Vous le voyez, je me suis muni exprès du registre où nous avons inscrit les noms et qualités de tous les mem-

bres de l'association; venez, il est temps d'agir. Demain, la Prusse sera libre! Demain, grâce à nous, le peuple aura brisé ses fers! Ne tardons donc point une minute : l'Europe entière attend notre signal.

Tandis qu'Aloysius Hoeffer parlait ainsi, Robert, de plus en plus ébahi, le considérait en silence... Cependant, le maître du château s'était dirigé vers la porte, toute grande ouverte, de la chambre à coucher, et, de là, il semblait encore, du geste, inviter son hôte à le suivre.

— Il n'est pas possible, pensa Robert, M. Aloysius Hoeffer est fou... ou en état de somnambulisme!

Et, marchant à lui, il lui cria en lui frappant sur l'épaule :

— Monsieur Hoeffer! monsieur Hoeffer! réveillez-vous!

Aloysius recula d'un pas.

— Qu'est-ce à dire? fit-il. Refuseriez-vous maintenant de marcher au combat, ainsi que vous l'avez promis?

Robert éclata de rire.

— Décidément, il dort, reprit-il tout bas.

Et, tout haut, il répéta :

— Monsieur Hoeffer! réveillez-vous!

— Monsieur, reprit Aloysius sans se préoccuper des appels du jeune homme, je vous préviens, qu'en pareil cas, j'ai reçu du comité les ordres les plus sévères. Tout conjuré faisant défaut à son serment doit mourir. Me suivez-vous, oui ou non? Oui! prenez mon bras. Non! voici de quoi exécuter les ordres du comité.

Aloysius Hoeffer, sur ces derniers mots, avait tiré un pistolet de sa poche. Au moment où Robert, convaincu maintenant que, s'il n'avait pas affaire à un somnambule, — il se trouvait, du moins, en présence d'un fou, — à ce moment, disons-nous, un nouvel incident vint compliquer la situation. Edgard Hoeffer et Franck Schwartz, repoussant Aloysius, entrèrent dans la chambre à coucher de l'artiste. Edgard tenait une épée nue sous son bras. Franck, lui, portait une casserole. L'irruption de ces deux personnages fut si soudaine, que Robert ne put s'empêcher de pousser une exclamation en les voyant. Edgard, le premier, sans regarder son père, salua l'artiste.

— Me voici, monsieur, lui dit-il; je viens...

— Pardon, monsieur, interrompit Franck, en écartant son compagnon du geste, vous parlerez quand monseigneur m'aura écouté, je vous prie.

— Et pourquoi monseigneur vous écouterait-il avant moi?

— Parce que cette sauce ne peut attendre.

— Eh! monsieur, votre sauce attendra très-patiemment, au contraire; tandis que mon honneur ne peut attendre. Vous traitez monsieur de monseigneur; vous vous trompez, puisque monsieur n'est qu'un simple étudiant comme moi... Peters Schmidt... voilà son véritable nom! Laissez-nous donc à notre duel et retirez-vous.

— Me retirer! Pas avant que monseigneur n'ait goûté ma sauce.

— Il la goûtera demain, encore une fois.

— Demain! Mais elle sera tournée, demain.

— Ah! sortez! sortez, misérable, où je vous passe ce fer au milieu du corps.

— Vous me menacez!

— Pourquoi pas?

— Silence! messieurs, silence! le comité nous attend! Pas de bruit, pas d'esclandre! vous réveilleriez les sentinelles! les soldats accourraient, et l'évasion ne pourrait avoir lieu!

— Quelle évasion ? Ah ! vous voulez faire évader mon rival, peut-être, vous !... Allons ! Peters Schmidt, répondez ! Serez-vous assez lâche pour fuir quand je vous attends pour nous battre !

— Monseigneur... la sauce va tourner, si vous partez !

— Conjurés, vos compagnons sont dans des pontons ; les abandonnerez-vous à l'heure du péril !

. . . .

Robert Huguet était au milieu des trois hommes ; l'un le pistolet braqué sur lui, l'autre brandissant son épée, le troisième agitant sa casserole.

Tous trois parlant à la fois, ainsi que nous l'avons dit ; tous trois divaguant plutôt. N'eussent été le pistolet et l'épée des deux Hoeffer, Robert eût ri d'une scène qui lui paraissait du dernier grotesque... si elle n'était point du dernier triste... Il était devenu évident pour lui qu'il avait affaire à des insensés. Mais, si la folie de Franck Schwartz était des plus inoffensives, il n'en était pas de même de celle d'Aloysius et d'Edgard... Un mouvement, un geste de l'un d'eux, et Robert pouvait être frappé grièvement. Tout en se demandant comment il se faisait que ces hommes, qu'il avait quittés, une heure auparavant, en bonne santé, fussent dans un pareil état maintenant, Robert cherchait un moyen de leur échapper. Appeler Karl à son secours ; mais, au premier cri qui lui échapperait, les fous se précipiteraient sur lui peut-être ! Sa présence d'esprit seule pouvait sauver l'artiste en cette circonstance. Elle était de celles où le courage seul ne suffit pas.

— Messieurs, dit-il, marchez devant ; je vous suis. Ce n'est pas dans cette chambre qu'une explication telle que vous me la demandez peut avoir lieu.

Les trois hommes se consultèrent du regard.

— Soit ! repartit Aloysius Hoeffer. Monsieur a raison, mes amis ; nous serons mieux pour causer sur le ponton qu'entre ces murailles. D'ailleurs, ici, les sentinelles peuvent nous surprendre.

— Venez, reprit Edgard, venez, j'y consens, Peters Schmidt ; nous nous battrons aussi bien dans la rue que dans cette salle !

— Venez, monseigneur, s'écria Franck Schwartz. Après tout, ce ne sera pas la première fois que vous aurez honoré ma cuisine de votre présence. Venez !

Et les trois hommes allaient s'éloigner, couvés du regard par Robert, qui n'attendait que cette occasion pour refermer, sur eux, la porte au verrou... Mais il ne devait pas en être quitte à si bon marché. Comme les fous se retournaient, un grand cri, partant du corridor, les cloua en place. Au même instant, une femme, bondissant au milieu d'eux, se jetait au cou de Robert. Cette femme, c'était Catherine Hoeffer. Catherine Hoeffer, couronnée de fleurs et criant à tue-tête :

— Sauvez-moi ! sauvez-moi ! les Arabes me poursuivent !

XXXII

Elle est folle.

Avec la permission du lecteur, nous laisserons Robert Huguet où il est, pour nous occuper de ce qui se passait chez Karl Sprengel, pendant que son ami se débattait con-

tre cette attaque inattendue, subite, étrange, de quatre insensés déchaînés contre lui.

On se rappelle que Karl Sprengel, ainsi que Robert Huguet, éprouvait un irrésistible besoin de repos en rentrant dans son appartement. Demeuré seul, et tout en songeant vaguement à Marguerite... à Marguerite, qu'il attendait ce soir-là, comme il l'attendait tous les soirs... demeuré seul, Karl Sprengel, vaincu par la torpeur qui s'était emparée de lui, était tombé tout habillé sur son lit... De même que Robert Huguet, le comte demeura ainsi assoupi environ une heure. Une voix le réveilla ; cette voix était celle de Marguerite.

A la lueur vacillante d'une bougie qui brûlait sur la cheminée, Karl aperçut la jeune fille penchée sur lui... Elle était pâle... affreusement pâle... et les vêtements blancs qui la couvraient rendaient cette pâleur plus saisissante encore.

— C'est toi, mon enfant, dit Karl, en se dressant sur son séant ; pardonne-moi ; je ne sais ce que j'ai éprouvé... mais... une fatigue extrême...

Marguerite posa la main sur la bouche du comte.

— Ne parle pas, dit-elle, ne parle pas ! et lève-toi.

— Comment ?

— Ne veux-tu pas savoir ce qui s'est passé entre mon père et moi ?

— Entre Petrus Ahnesorge et toi, veux-tu dire ?

— Eh bien ! Viens, viens vite !... Il est temps !

Karl s'était machinalement jeté à bas du lit, Marguerite l'avait déjà devancé du côté de la petite porte par laquelle elle pénétrait dans la chambre à coucher... Elle lui prit la main ; ils traversèrent un corridor obscur, montèrent un escalier.

— Mais, où allons-nous donc ? fit, tout en marchant, le comte.

— Chez moi.

— Pourquoi, chez toi ?

— Mais parce que notre enfant y est.

Avant que le comte n'eût eu le temps de demander l'explication de cette phrase étrange à la jeune fille, celle-ci, tenant toujours, d'une main, la main de Karl, avait, de l'autre main, poussé une porte devant elle. Le comte se trouva dans une pièce mal éclairée par une lampe appendue au plafond. Cette pièce était meublée ainsi : un grabat, une chaise de paille. Au-dessus du grabat, de mauvais rideaux de toile bleue ; à son chevet, un berceau. Le comte, stupéfait, regardait, tour à tour, et la jeune fille et ce berceau, au fond duquel, dans la pénombre, il apercevait un enfant endormi.

— Que signifie ceci, Marguerite ? dit-il.

Marguerite avait refermé la porte sur elle.

— Cela signifie, mon ami, dit-elle d'une voix dans laquelle il y avait des sanglots, cela signifie que nous sommes perdus.

— Perdus !

— Oui, perdus ! perdus, entends-tu bien ? Mon père a tout appris.

— Qu'a-t-il appris ?

— Oh ! tu me le demandes ? Il sait tout, te dis-je, tout entends-tu, Ludovic ?

A ce nom de Ludovic, le comte tressaillit.

— Marguerite ! Marguerite, fit-il en se rapprochant de la jeune fille, dont il commençait seulement à lire dans les yeux la pâleur de statue, le regard fixe, Marguerite... mais je ne suis pas Ludovic... ne me reconnais-tu pas ! je suis Karl Sprengel ?

— Voyons ! reprit la jeune fille, sans répondre à la question du comte, qu'as-tu décidé, Ludovic ? As-tu trouvé le moyen de désarmer la colère de mon père ?... Nous sommes en sûreté, ici... oh !... je l'espère ! Qui songerait à venir nous chercher dans cette mansarde !... Mais, à présent, il faut veiller à l'avenir ! Il faut empêcher surtout que mon père ne découvre notre enfant ! Notre pauvre enfant ! Il le tuerait, vois-tu ! il l'a dit ; il le tuerait, s'il le voyait !

Marguerite s'était agenouillée près du berceau, et elle posait ses lèvres sur le front de la petite créature qui y reposait.

— Mais cette femme est en démence, décidément, se dit le comte, les yeux attachés sur la jeune fille.

Et il ajouta mentalement :

— Ah ! la vengeance d'Ancilla ! Les promesses menaçantes de Petrus Ahnesorge ! C'est cela, c'est bien cela ! Il se prépare ici quelque drame ténébreux dont on veut me forcer d'être le spectateur.

Oh ! mais nous verrons bien !

Et, frappé malgré lui d'un vague sentiment de terreur en face du tableau formé par Marguerite, courbée sur ce berceau silencieux, dans cette chambre qui respirait la misère, Karl Sprengel s'élança vers la porte... Cette porte, Marguerite ne l'avait fermée qu'au pène... Une main invisible l'avait fermée à double tour. En ce moment, un bruit de voix se fit entendre du dehors ; à ce bruit, Marguerite se redressa et bondit jusqu'au comte.

— Ah ! fit-elle, mes craintes se réalisent ! nous sommes découverts, Ludovic ! Entends-tu ces voix ? Mon père et mon frère nous poursuivent ! Ecoute, écoute !

Les voix s'étaient rapprochées en effet ; d'abord confuses, elles étaient distinctes, maintenant. L'une d'elles criait :

— Marguerite, Marguerite, misérable enfant ! Tu es là ! nous le savons ! tu es là, avec ton amant ! Ouvre-nous !

L'autre criait de son côté :

— Marguerite, ma sœur ! n'ouvre pas, n'ouvre pas ! notre père est armé ! n'ouvre pas, ou tu es morte !

Au son de ces voix, Marguerite avait pâli encore. Accrochée au comte, elle répétait avec l'accent de la frayeur la plus vive :

— Ludovic ! notre dernière heure a sonné ! Ludovic ! si tu m'aimes, si tu aimes notre enfant, un miracle ! invente un miracle pour nous sauver !

Le comte se taisait, lui ; son sang-froid était revenu. Il ne comprenait pas, il dédaignait même de chercher à comprendre l'intention de cette scène étrange, évidemment jouée à son intention ; mais quoi qu'on eût prémédité pour l'amener sans doute à s'irriter contre les auteurs de cette plaisanterie sinistre, il était décidé à ne leur répondre que par le silence du mépris. Cependant, en voyant Karl immobile et muet, Marguerite avait reculé. Les deux voix du dehors continuaient leurs cris de menaces et de supplications ; en même temps, la porte de la mansarde poussée, secouée par deux mains vigoureuses, parut près de s'échapper de ses gonds. Marguerite retourna au berceau, et, fixant sur le comte deux yeux étincelants d'une énergie farouche :

— Ludovic, Ludovic ! fit-elle, tu ne réponds pas ! tu ne trouves pas le moyen de nous sauver, ton enfant et moi ?

— Pauvre fille ! murmura le comte en haussant les épaules avec pitié ; pauvre fille ! Les misérables ! se servir d'une folle pour accomplir leur ignoble dessein.

Et il tomba assis sur la chaise, se voilant la figure de ses mains pour ne pas voir ces adorables traits, qui lui souriaient encore une heure auparavant, maintenant ravagés par une expression horrible de douleur et de rage. La porte s'agitait toujours sous une pression formidable. Le *père* et le *frère* continuaient, l'un ses menaces, l'autre ses appels suppliants.

— Ludovic ! s'écria Marguerite, tu ne peux pas nous sauver, eh bien ! mieux vaut mourir dans les flots que de mourir sous le poignard ! Adieu !

Le comte à ce dernier cri, avait relevé la tête, et, cette fois, il ne put retenir une exclamation d'effroi. Marguerite avait saisi l'enfant dans le berceau, puis, s'élançant vers la fenêtre, qu'elle avait ouverte, elle se tenait debout, sur un frêle balcon, le corps déjà incliné au-dessus de l'abîme ! A l'aspect de cette jeune fille, de cet enfant, sous le coup d'une mort certaine, le comte sentit un frisson parcourir tout son être. Il était impossible, pourtant, que ce drame étrange, infâme, parodie d'un drame réel, peut-être, eût la mort pour dénoûment.

— Marguerite ! Marguerite ! dit le comte, venez ! venez, je vous défendrai ! Je vous le jure !

En parlant de la sorte, Karl tendait ses bras à la jeune fille. Elle allait quitter sa position périlleuse... Tout à coup, la porte éclata... Deux hommes masqués se ruèrent dans la mansarde. A leur vue, Marguerite poussa une sorte de rugissement sans nom... et... Et Karl recula, ivre de terreur, pétrifié, abruti, brisé !

Marguerite avait disparu... Marguerite s'était précipitée par la fenêtre...

— Je rêve !... Je rêve !... balbutia le comte.

Et il tomba à la renverse sur le parquet.

<h2 style="text-align:center">XXXIII</h2>

Le réveil.

Quand le comte Sprengel revint à lui, il était couché sur son lit, dans sa chambre. Près de lui, penché sur lui, se trouvait Robert Huguet, occupé de lui imbiber le front, les tempes, le visage, d'eaux spiritueuses.

— Où suis-je donc ? fit le comte, en regardant son ami d'un air égaré.

Robert mit son doigt sur ses lèvres.

— Chut ! chut ! répliqua-t-il ; ne parlez pas encore, je vous en supplie, Karl.

— Ah ! Et pourquoi ne faut-il pas que je parle ?

— Parce que vous êtes faible... bien faible encore...

— Faible ! Que s'est-il donc passé ? Suis-je blessé, suis-je malade ? Pourquoi êtes-vous là à mes côtés, Robert ?

— Taisez-vous ! taisez-vous ! nous causerons plus tard ! pour le moment, tâchez de dormir... de dormir un peu.

— Dormir ! Et pourquoi dormirais-je ? Mais non ! mais non ! J'ai comme un voile sur le cerveau... ma tête est embarrassée... mon corps... je ne puis le bouger... Mais je veux... je veux !...

Le comte se tut ; il se recueillait... Tout à coup, il poussa un cri.

— Ah ! je me souviens, fit-il ; Marguerite, son enfant...

— Mensonges ! infâmes mensonges que tout cela, Karl ;

calmez-vous, je vous en prie ! Ruses odieüses, stratagèmes hideux pour vous épouvanter.

— Que dites-vous ?

— Je dis que Marguerite n'est point morte... qu'il n'y a pas d'enfant de tué... Je dis... Oh! tenez... tenez... après tout, mieux vaut peut-être pour que vous compreniez tout, que vous lisiez tout de suite ce papier.

— Que je lise...

— Ce papier... oui... signé Ancilla... ce papier que j'ai trouvé là sur cette table... en vous trouvant à demi mort sur ce lit...

Le comte s'était levé avec effort sur sa couche.

— Donnez-moi ce papier, Robert, fit-il. Vous avez raison, je dois, je veux connaître tout de suite le mot de cette énigme affreuse...

Robert, tenant une bougie d'une main, tendait de l'autre une lettre ouverte au comte. Voici ce que contenait cette lettre :

« Croyez-vous que vous avez perdu votre gageure avec Petrus Ahnesorge, monsieur le comte, et que vous avez eu assez peur en voyant *votre* Marguerite se jeter par la fenêtre avec son enfant !

« Au surplus, vous nierez vainement l'accès de terreur sous lequel nous avons réussi à vous renverser.

« Je suis vengée, bien vengée de vous, monsieur le comte. Vous m'aviez frappée à l'âme ; je vous ai frappé au front, ce superbe front qui bravait toute atteinte. Interrogez le premier miroir venu, il vous apprendra pourquoi vous ne pouvez plus dire que vous n'avez jamais eu peur.

« Adieu.

« ANCILLA. »

En achevant la lecture de ce billet, le comte avait passé la main sur son front, comme s'il eût cru y trouver, palpables, les traces de cette pâleur que la vue d'une scène horrible y avait produite. Son front était brûlant, voilà tout.

— Un miroir, donnez-moi un miroir, Robert, dit-il, cherchant à s'expliquer le sens de cette phrase d'Ancilla : « Il vous apprendra pourquoi vous ne pourrez plus dire que vous n'avez jamais eu peur. »

Robert hésita une seconde à se rendre au désir de son ami. Mais refuser absolument, cela était impossible à présent. Robert prit sur une cheminée une petite glace de Venise entourée d'un cadre en bois d'ébène. Une petite glace toute semblable à celle qui s'était brisée, en tombant toute seule, dans l'atelier d'Anna.

— Donnez ! donnez donc ! disait le comte, haletant d'impatience.

Il tenait enfin la glace... il y jeta les yeux... Et un sourd gémissement de honte et de rage jaillit de sa poitrine. Cette déesse méprisée que les anciens avaient faite la fille de Mars et de Vénus, — la Peur, — avait imposé son stigmate ineffaçable sur la personne de Karl... Ce stigmate, c'était une mèche de cheveux tout blancs au milieu de sa chevelure brune...

— Oui, oui, balbutia le comte... il n'y a point à nier ma défaite. Oh ! les misérables l'emportent sur moi, je ne saurais le contester ! Mais comment en sont-ils venus à leurs fins ? Cette jeune fille et son enfant que j'ai vus, vus se précipiter dans l'espace... ces hommes qui les poursuivaient...

— Lisez la lettre jusqu'au bout, Karl, fit Robert en montrant le papier tombé sur le lit.

— Ah ! c'est vrai... il y a quelques lignes encore après la signature.

— Lisez-les donc.

Karl lut ce qui suit :

« Quant à la manière dont nous nous y sommes pris pour arriver à notre but, comme il ne faut pas que vous nous preniez pour des assassins, nous allons vous la révéler entièrement.

« Aloysius Hoeffer, Catherine Hoeffer, Edgard, leur fils, Marguerite, leur fille... Et Franck Shwartz aussi... Tous ces gens sont des fous que Petrus Ahnesorge avait tirés à dessein d'un des hôpitaux qu'il dirige. Des fous d'une espèce bizarre d'ailleurs, ainsi que vous avez pu en juger ; des fous qui ne sont fous que quelques heures par mois... à certaines époques... Et qui, tout le reste du temps, jouissent si bien de leur pleine raison que, femmes et hommes, par l'appât d'un gain quelconque, ils sont enchantés de se prêter aux ordres d'un ami... en devenant les membres d'une honnête et riche famille toute disposée à donner l'hospitalité à un grand seigneur.

« Marguerite elle-même se moquait de vous, — quand elle avait son bon sens, — mon pauvre Karl ; Marguerite a touché cinq cents thalers pour l'exécution de son personnage de jeune fille amoureuse. Oh! je ne suis pas jalouse de la malheureuse ! Cette scène qu'elle vous a représentée s'est passée réellement autrefois. Elle fut sauvée alors, réellement aussi, comme elle l'a été cette nuit lors de sa chute, grâce aux précautions prises par Ahnesorge. Et l'enfant risquait encore moins qu'elle... L'enfant!... — que ne le regardiez-vous de plus près dans son berceau... — *L'enfant était de cire.* »

Karl avait de nouveau laissé échapper de ses doigts la lettre d'Ancilla. Pendant une dizaine de minutes environ, il demeura pensif. Puis se tournant vers Robert Huguet, immobile à ses côtés, respectant sa rêverie :

— Et pendant que j'étais avec Marguerite... cette nuit... où étiez-vous donc, vous, Robert ? demanda-t-il.

— Avec les autres fous, parmi lesquels il en était deux qui ne voulaient rien moins que me tuer.

— Et... comment leur avez-vous échappé ?

— Je ne saurais vous l'expliquer... car je ne l'ai pas compris moi-même... Ils m'avaient entraîné dans une pièce obscure, lorsque, au moment où je m'y attendais le moins, ils ont disparu. En même temps, un grand cri retentissait à quelques pas de moi... J'avais reconnu votre voix... je m'élançai du côté où était parti votre cri de détresse... Et je vous trouvai évanoui sur les marches d'un escalier...

— Seul ?

— Seul. Je vous pris dans mes bras et vous apportai ici.

— Et... je suis resté longtemps sans connaissance ?

— Près de deux heures.

— Et... ces deux heures durant, vous n'avez vu personne?

— Personne. J'ai crié, j'ai appelé; rien... On dirait que, comme par enchantement, le château est devenu subitement solitaire... abandonné.

Karl Sprengel retomba sur son oreiller.

— En effet, murmura-t-il ; à présent que leur tâche est accomplie, Ancilla, Ahnesorge et leurs comédiens d'étrange espèce n'avaient plus que faire ici. Oh! cette femme, cet homme! si je puis les retrouver un jour !

— Karl !

Le comte tendit la main à son ami.

— Vous avez raison, Robert, reprit-il ; ce n'est pas le moment de songer à la vengeance. D'ailleurs, si j'ai été puni de mon orgueil, c'est à moi seul que je dois m'en prendre. Ah! si je vous avais écouté, Robert !...

Le plus sage maintenant est de quitter au plus vite ce château.

Cependant, je me sens si faible...

— Dormez ! dormez, ami, je veillerai sur vous.

— Merci... c'est cela... quelques heures de repos me remettront et, au jour, j'aurai, j'espère, recouvré les forces nécessaires. Robert, n'êtes-vous pas comme moi ? Il me semble que tout ce qui vient de se passer est un rêve.

— Il est vrai... mais...

— Mais, reprit le comte en touchant sa chevelure, voilà qui atteste que je n'ai pas rêvé ! Ah ! Ancilla a été ingénieuse dans sa haine ! Et Petrus Ahnesorge a été plus ingénieux encore dans ses moyens de servir cette haine !

Le comte avait fermé les yeux... il s'endormit bientôt. Fidèle à sa promesse, Robert n'abandonna pas une minute sa place auprès de son ami. L'orage s'était complètement dissipé, le ciel était pur; accoudé à une fenêtre de la chambre à coucher, Robert promenait au hasard ses regards dans le parc, tout en récapitulant les événements de la nuit. Au point du jour, il lui sembla apercevoir un groupe de personnages glissant, muets et légers comme des fantômes, sur le sable de la grande allée. C'étaient sans doute les hôtes de Roderick qui partaient.

XXXIV

Après le drame.

Il était huit heures quand le comte Sprengel se réveilla. Le sommeil lui avait rendu ses forces, il se leva. Son premier mouvement alors fut encore de se considérer dans une glace.

— Après tout, dit Robert, qui suivait son ami des yeux et qui le vit tressaillir de nouveau à l'aspect de la mèche blanche, la vengeance d'Ancilla, pour s'être montrée, comme vous le disiez vous-même, Karl, ingénieuse, trop ingénieuse, cette vengeance, s'il vous plaisait, pourrait bien... ne rien prouver !

— Que voulez-vous dire, Robert ?

— Je veux dire qu'il suffit de quelques gouttes d'une liqueur que nous trouverons partout pour rendre à vos cheveux... au moins en apparence... leur couleur naturelle.

Le comte secoua la tête.

— Non, répliqua-t-il, j'ai perdu ma gageure avec Petrus Ahnesorge... j'ai eu peur... pour tous les trésors du monde je ne chercherais pas à dissimuler l'échec que j'ai éprouvé... Mais.. je vous le dis aussi, Robert, tout n'est pas dit entre cet homme... Ancilla et moi !... Oh ! ne vous alarmez point ! je ne les poursuivrai point !... Je ne leur ferai pas l'honneur de les poursuivre. Je m'en rapporte au hasard seul pour me les livrer à jour !... Et, ce jour-là, fût-ce demain, fût-ce dans dix ans, je leur ferai payer cher leur victoire, je vous le jure ! Mais, pour le moment, un seul soin m'intéresse : celui de quitter au plus tôt ce château maudit... Etes-vous prêt à partir, Robert ?

— Je vous attends.

— Comment partirons-nous, pourtant ?...

— Je l'ignore. Venez. Si les mortels fantastiques de ce domaine ont disparu, peut-être néanmoins est-il resté, dans quelque coin, quelque valet qui nous renseignera.

Karl et Robert descendirent au salon de réception; ils n'y trouvèrent personne. Ils parcoururent successivement la salle à manger, l'antichambre, puis, en remontant aux étages supérieurs, les appartements qu'avaient occupés les membres de l'étrange complot tramé par Ancilla et Ahnesorge; partout régnaient la solitude et le silence !.... Ils s'acheminèrent vers les écuries. Deux chevaux tout sellés en étaient les seuls hôtes vivants.

— Allons, dit en riant le comte, nous devons encore nous estimer heureux qu'on nous ait laissé le moyen de retourner à Berlin.

Ce disant, il avait sauté sur l'un des chevaux. Robert imita son ami. Ils traversèrent le parc, franchirent la grille, qu'ils trouvèrent ouverte et laissèrent telle qu'elle.

— On dirait le château de la *Belle au Bois dormant*, ma parole d'honneur ! s'écria Robert, qui cherchait à égayer son compagnon.

— Oui, oui, répliqua ce dernier en souriant amèrement; avec cette différence que la *belle* du conte était une jeune fille douce et charmante... Tandis que la *belle* qui commandait ici était un démon !

Les chevaux galopaient sur la route d'Eberswalde; pendant près d'une heure, les deux amis dévorèrent ainsi la distance, sans s'adresser mutuellement une parole. On eût dit que leur unique pensée, à tous deux, était de s'éloigner le plus vite possible de ce séjour odieux qu'on appelait le château de Roderick. Cependant, après une course de près de trois lieues, nos deux cavaliers, d'un commun accord, ralentirent l'allure de leurs montures.

— Mon pauvre Robert, dit Karl, en tournant un regard affectueux vers son ami, vous êtes heureux, bien heureux, n'est-ce pas, en songeant que vous allez revoir bientôt votre Anna ?

— Je suis bien heureux, en effet, Karl, je l'avoue; mais, vous-même...

Le comte baissa la tête.

— Moi, répliqua-t-il, moi... avant de m'occuper de ma joie, j'ai à m'occuper de mon devoir.

— Votre devoir !

— Sans doute ! N'ai-je pas à obtenir, avant tout, de Clotilde, le pardon d'une faute... qui a eu pour conséquence... une autre faute et mon humiliation ?

— Comment ! vous voulez donc...

— Je veux tout dire à la comtesse, mon ami. Ancilla m'a puni pour l'avoir abandonnée... moi je veux me punir d'avoir connu Ancilla.

— Karl, prenez-y garde ! vous exagérez peut-être la situation. Est-il indispensable, pour prouver votre repentir, d'affliger une âme délicate et noble !

— Mais que faire, pourtant ? Comment expliquer à Clotilde que... j'ai eu peur... tellement peur, que j'ai failli en mourir !... Comment lui expliquer... l'existence subite de cette neige sur mon front... si ce n'est en lui disant la vérité ?

— Cependant, encore une fois, si cet aveu devait faire souffrir la comtesse ! s'il devait lui enlever une partie de son amour pour vous !

— Oh !

— Une question, Karl. Comment agirez-vous, au cercle, à l'égard de ceux qui ont été les témoins de votre gageure insensée avec Petrus Ahnesorge ?

— Je dirai devant eux que j'ai perdu la gageure, rien de plus !

— Eh bien; croyez-moi, Karl, ce silence que vous garderez... quant aux détails de cette affaire... envers des étrangers... gardez-le également envers votre femme, votre sœur... Qu'elles puissent supposer, toutes deux, qu'il vous est arrivé un malheur, sur la confidence duquel il vous serait pénible de vous étendre, soit! Mais qu'elles apprennent, qu'à la suite d'une amourette, vous vous êtes livré pieds et poings liés à des ennemis... qui ont abusé alors de leur pouvoir pour vous entraîner à une nouvelle erreur... afin de mieux vous frapper ensuite! Non, non! cela ne sera pas, cela ne doit pas être, Karl. Vous ne ferez pas ce qu'Ancilla et son complice n'oseraient faire eux-mêmes.

Le comte s'inclina en signe d'assentiment.

— Vous avez toujours raison, Robert, dit-il; et plût à Dieu que je vous eusse toujours écouté comme je suis disposé à vous écouter, à vous obéir en ce moment. Ainsi... de votre côté, vous me jurez qu'Anna... lors même qu'elle sera votre femme, ne connaîtra jamais...

— Je vous le jure, mon ami.

— Merci! En route, alors, mon bon Robert! Nous avons perdu du temps à causer, et il me tarde d'embrasser ma Clotilde, ma Lizzy, mon Anna!...

.   .   .   .

Vers la fin de la journée, Karl Sprengel et Robert Huguet rentraient à Berlin. Ils étaient exténués de fatigue tous deux; leurs chevaux étaient fourbus... Mais ils allaient enfin revoir des êtres aimés! La comtesse et sa sœur étaient dans le salon de conversation lors du retour des deux hommes. Le comte et Robert étaient descendus exprès de cheval, à quelques pas de l'hôtel, pour mieux surprendre la comtesse et Anna; Karl ne voulut même pas qu'on l'annonçât. Au bruit que fit la porte du salon, en s'ouvrant brusquement, Anna, la première, avait levé les yeux...

— Clotilde! s'écria-t-elle, Clotilde!...

Ce fut tout ce qu'elle put dire... La comtesse s'était levée à la voix de sa sœur... elle allait se précipiter vers Karl... Elle s'arrêta, glacée; du geste il venait de lui ordonner d'attendre.

— Clotilde, dit-il d'un ton grave et sérieux tout à la fois, Clotilde, avant tout, écoutez-moi; J'ai bravé la toute-puissance de Dieu. Par excès d'orgueil, j'ai attiré sur moi un châtiment étrange! Regardez!

Le comte s'était découvert la tête. Les deux femmes poussèrent à la fois une exclamation de surprise et d'effroi à l'aspect de la mèche blanche.

— Clotilde, reprit Karl, du même ton désolé et sévère, si vous me demandiez le motif de ce châtiment, je rougirais devant vous! Qu'ordonnez-vous? Dois-je parler? dois-je me taire?

— Ah! s'écria la comtesse en s'élançant enfin dans les bras de son mari, je ne te demande rien, je ne te demanderai jamais rien, mon ami! Tu as souffert, voilà tout ce que je sais! Je t'aime, et je te ferai oublier, je l'espère, un moment de chagrin, voilà tout ce que je veux savoir!

Karl pressait tendrement sa femme contre son sein; de son côté, Robert, assis, presque agenouillé près d'Anna, couvrait de baisers brûlants deux mains mignonnes qu'on ne songeait pas à lui retirer. Telles furent, à l'intérieur, les suites du voyage de Karl Sprengel et de Robert Huguet à Roderick. Quant au dehors, voici ce qui arriva : Le lendemain même de son retour à Berlin, le comte se rendit au cercle, et devant tous :

— Messieurs, dit-il, je reconnais que le docteur Petrus Ahnesorge a gagné son pari. J'ai eu peur.

Et comme chacun, à l'aspect de la mèche blanche, ouvrait la bouche pour demander l'explication de ce problème.

— J'ai eu peur, continua le comte; mais je considérerais comme mon ennemi quiconque chercherait à m'obliger de lever le voile que j'ai étendu sur un moment de faiblesse de ma part.

Karl Sprengel était aimé ou redouté de presque tous les membres du cercle; plus généralement aimé, même.

— Comte, repartit un des assistants, au nom de tous, vous nous avez appris ce qu'il vous plaisait de nous apprendre; cela est plus que suffisant : nous ne vous demandons rien.

— Merci, messieurs, dit simplement le comte.

.   .   .   .

A l'époque convenue, Robert Huguet épousait Anna Reindinger. Quelques mois après leur mariage, Robert et la charmante jeune femme partaient pour Paris. Le jour de l'union de son ami et de sa belle-sœur, le comte Sprengel se montra plus joyeux que de coutume. Le jour où ils partirent, il ne put dissimuler une profonde tristesse.

— Mais nous reviendrons... nous reviendrons bientôt, vous le savez bien, dit à l'écart Robert à son ami. Vous-même, ne devez-vous pas aussi, chaque année, venir passer quelque temps près de nous, à Paris. Pourquoi donc vous attrister d'une séparation qui ne sera que momentanée?

Le comte soupira.

— Hélas! repartit-il, j'ai honte de l'avouer, mon bon Robert; je ne suis pas digne des consolations que vous me prodiguez à cette heure.

— Que voulez-vous dire?

— Je veux dire que je ne suis qu'un égoïste... un niais égoïste.

— Comment cela!

— Devinez pourquoi je regrette surtout de ne plus vous avoir auprès de moi, tous les jours, Robert?

— Mais... parce que vous m'aimez, assurément.

— Ce n'est pas seulement pour cela!... Oh! je vous le répète, j'ai honte de moi-même. Je regrette que vous partiez, Robert, parce que...

— Parce que?

— Eh! parce que... quand vous ne serez plus là... je suis sûr qu'il me prendra, un de ces matins, une si furieuse envie de retrouver Ancilla et Petrus Ahnesorge... pour me venger à mon tour... que je n'y résisterai pas... et que je partirai... au hasard... à la découverte.

Robert avait tressailli en entendant ces paroles.

— Vous avez bien fait de m'ouvrir votre cœur, Karl, dit-il.

Il allait s'éloigner.

— Où allez-vous donc? fit le comte en retenant son ami.

— Décommander les préparatifs de mon voyage, parbleu! répliqua Robert. Je vous croyais guéri du péché d'orgueil... car c'est l'orgueil seul qui alimente votre colère contre Ancilla et Ahnesorge... Vous n'êtes pas guéri... je reste. Et je resterai... jusqu'à ce que vous soyez assez fort pour me rendre ma liberté.

Karl serra avec effusion la main de Robert.

— Non, non! dit-il, je n'accepte pas un pareil sacrifice! Vous valez mieux que moi, décidément, Robert. Cependant, je tâcherai de vous approcher si je ne vous égale. Partez... Allez montrer votre trésor à vos amis de France...

à vos parents. Sur mon honneur, je vous promets de ne pas faire un pas, tant que vous serez loin de moi, pour retrouver Ancilla.

ÉPILOGUE.

I

La haine d'une femme.

Trois mois se sont écoulés depuis les événements que nous venons de raconter. Nous sommes à Saint-Pétersbourg. Entrons, si vous le voulez bien, lecteur, dans un des plus magnifiques palais d'une des plus magnifiques rues de cette ville : la rue ou *perspective* de Newski. Il est midi. Dans un salon de ce palais, nonchalamment étendue sur un divan, nous apercevons une femme jeune et jolie. Cette femme se nomme la comtesse Noémie Albertazzi. La comtesse Albertazzi n'est pas seule dans ce salon. A quelques pas d'elle, parcourant un journal, se trouve un homme de vingt-cinq à trente ans. Cet homme est le frère de la comtesse; il se nomme Antonio Borelli. J'ai dit que le frère de la comtesse est occupé de lire un journal. De son côté, la comtesse parcourt un volume de roman qu'elle tient à la main. Cependant, tandis qu'Antonio Borelli paraît très-captivé par sa lecture, la comtesse, au contraire, semble se soucier médiocrement de la sienne; c'est plutôt pour la forme qu'elle a pris ce livre que dans l'intention sérieuse de le lire; son regard, qui, de minute en minute, abandonne les pages sur lesquelles il s'était fixé pour se porter sur le cadran d'une pendule, ce regard inquiet, presque chagrin, semble dire alors :

— Que ces pages sont ennuyeuses et que l'heure marche lentement !

. . . .

— Antonio, fit tout à coup la comtesse en jetant son livre au loin, Antonio, savez-vous que, décidément, vous êtes un triste compagnon !... Qu'y a-t-il donc de si intéressant dans ce journal, que vous le dévoriez de la sorte? Voilà une heure au moins que vous êtes là, courbé sur cette affreuse feuille de papier noir !

Le jeune homme sourit, et regardant celle qui l'interpellait ainsi :

— Mais, répliqua-t-il, ne lisiez-vous pas aussi, vous, ma chère Noémie ?...

— Je lisais ! je lisais ! Ce roman est stupide ! En dépit de toute ma bonne volonté, je ne puis parvenir à y rien comprendre.

— Hum ! l'auteur de ce livre est réputé, pourtant, un des meilleurs romanciers français.

— C'est possible !... En tout cas, il n'a guère fait preuve de son talent dans cet ouvrage !

— Ou bien, avouez-le donc, Noémie, il a eu le tort de tomber entre vos mains, sous vos yeux, au moment où votre esprit n'était pas disposé à lui rendre la justice qu'il mérite. On lit très-mal, quand on pense à toute autre chose qu'à ce qu'on lit.

Noémie sourit à son tour, et, du geste, montrant la pendule à son frère :

— Midi cinq minutes, fit-elle ; voyez, Antonio !

— Oui... oui... midi cinq minutes... Et *il* avait promis d'être ici à midi. Cinq minutes d'attente !... C'est bien long, n'est-ce pas?

— Oh ! oui ! bien long ! S'il n'allait pas venir !

— Tu es folle !

— S'il ne m'aimait plus !

— Tu es folle !

— S'il regrettait, maintenant, de s'être trop avancé?

— Tu es folle !

— Enfin... oh!... c'est là ce qui m'effraye vois-tu, Antonio ! Si tout à l'heure, quand il saura tout... il allait dire qu'il ne veut plus de moi pour sa femme !...

— Tu es...

L'arrivée d'un domestique, apparaissant à la porte du salon, interrompit Antonio au moment où, pour la quatrième fois, il allait prononcer sa phrase, moitié rassurante, moitié railleuse.

— Le prince Tcherneïof, dit le valet.

— Faites entrer ! faites entrer ! s'écria la comtesse, en essayant, mais vainement, d'imposer à son accent, à son geste, l'apparence du calme.

La personne annoncée entra.

C'était un grand et beau cavalier, âgé de trente ans au plus; blond, mince, élégant d'allures. Il s'avança vers la comtesse et lui baisa la main en disant :

— Bonjour, Noémie, bonjour... *ma femme !*...

Puis, saluant amicalement Antonio :

— Bonjour, mon frère, continua-t-il.

Le frère et la sœur échangèrent, à la dérobée, un coup d'œil qui signifiait, d'une part : « Tu vois bien que tu te trompais ! » De l'autre : « Tu avais raison, j'étais folle de douter. »

— Je suis un peu en retard, reprit le prince en s'asseyant sur un canapé et en obligeant doucement la comtesse à s'asseoir à ses côtés; mais il ne faut pas me gronder; c'est en m'occupant du soin de notre bonheur que je me suis trouvé retenu malgré moi.

— Du soin de notre bonheur?

— Sans doute ! Ne vous ai-je pas dit que, pour notre bonheur, j'avais besoin, sinon de la permission, du moins de l'assentiment de mon oncle... le comte Bianicki... le seul parent que je possède, d'ailleurs.

— Eh bien ?

— Eh bien ! je suis allé trouver ce matin le comte, et...

— Et ?

— Et il m'a répondu ce qu'il devait me répondre, vraiment ! Que j'étais d'âge à savoir me conduire... que j'étais maître de mon nom et de ma fortune... Et que, par conséquent, il signerait à notre contrat les yeux fermés.

Noémie poussa un soupir.

— Plût à Dieu! murmura-t-elle, que vous puissiez en dire autant que votre oncle, Adrien !

Le prince porta de nouveau à ses lèvres la main de la jeune femme.

— Allons ! dit-il, encore de ces vilaines paroles de doute,

Et il ajouta en la contemplant avec amour :

— Mais qui donc, quoi donc pourrait m'empêcher d'être à vous, cher ange!

— Quoi?... fit la comtesse en tirant un papier de son sein.

Le prince tressaillit involontairement.

— Ah! dit-il... voilà cette lettre que vous m'avez promise, Noémie... cette lettre...

— Dans laquelle je vous ai fait la confession de ma vie... oui, Adrien... la voilà...

Le prince avançait déjà la main pour prendre le papier... Noémie retira la sienne.

— Un instant encore, je vous en prie, mon ami, dit-elle. D'abord, vous vous rappelez nos conventions : je ne serai pas près de vous tandis que vous prendrez connaissance de cet écrit...

Ensuite ..

— Ensuite?

— Ensuite... jurez-le moi, Adrien, jurez-le moi du fond de l'âme! Si... lorsque vous saurez tout... vos sentiments à mon égard... n'étaient plus les mêmes...

— Oh!...

— Laissez-moi achever! En ce cas, mon ami, vous seriez assez généreux pour m'éviter la douleur d'un adieu... éternel.

— Mais...

— Mais Antonio restera dans ce salon, tandis que vous lirez cette lettre. Il est plus courageux que moi, lui; c'est un homme. Et puis... Et puis... les fautes que j'ai commises... et que je vous avoue... dans cet écrit... il n'a pas tenu à lui que je ne m'en rendisse pas coupable!... — Donc, lorsque vous aurez lu... Adrien... si vous pensez que nos projets ne peuvent plus se réaliser, c'est Antonio que vous chargerez du soin de m'instruire de votre résolution !

— Noémie !

— C'est Antonio, et non pas vous qui viendra me dire : « Plus d'amour, plus de mariage, plus de bonheur! Va-t'en ! »

Noémie n'avait pu retenir ses larmes en prononçant ces derniers mots. Le prince tomba à genoux devant elle.

— Assez! assez! s'écria-t-il ; mais, en vérité, Noémie, vous avez perdu la raison !

— C'est ce que je me tue à lui répéter depuis une heure, dit Antonio en haussant les épaules.

— Vous auriez commis le crime le plus affreux que vous ne vous en puniriez pas autrement que vous ne faites, poursuivit Adrien. Allons! allons, de grâce, calmez-vous! Je ne suis pas un enfant, et je vous aime assez pour ne reprocher jamais, au présent et à l'avenir, les erreurs du passé. Ne m'avez-vous pas révélé déjà, au surplus, une partie de vos secrets; ne sais-je pas que ce nom de Noémie Albertazzi n'est pas le vôtre?... Quel que soit le motif pour lequel vous avez cru devoir changer de nom, que m'importe! Une artiste... car vous avez été artiste, vous me l'avez dit aussi... et je ne vous en ai adorée que davantage... une artiste n'a-t-elle pas le droit, d'ailleurs, de s'appeler comme il lui plaît! Maintenant...

— Maintenant, interrompit la jeune femme en plaçant la lettre sur une table, en face du prince, maintenant, lisez... lisez vite, Adrien ! A quoi bon prolonger cet entretien ! Lisez donc !... Et... selon votre volonté... adieu!... ou à vous pour toujours.

Noémie, ou du moins celle que nous ne connaissons jusqu'ici que sous ce nom, s'était arrachée de l'étreinte du

prince en prononçant ces paroles. Elle s'élança vers une porte du salon et disparut. Le prince demeura encore une minute agenouillé, immobile, pensif... Puis, se relevant tout d'un coup, il bondit vers la lettre qu'il ouvrit d'une main tremblante. Pendant qu'Adrien lisait ce qui suit, Antonio Borelli, pour se donner une contenance, avait, de son côté, repris la lecture de son journal. Pour se donner une contenance... car le frère de la comtesse, quoi qu'il fît, ne pouvait cacher un certain trouble, une certaine émotion.

II

Qui prouve que le passé n'est souvent qu'un songe.

« Adrien,

« Vous savez déjà que je ne me nomme point Noémie Albertazzi; que je ne suis point comtesse.

« Je me nomme Ancilla Guidotti. Mon frère se nomme Anastasio Guidotti. Voici, en quelques lignes, mon histoire.

« Pauvre fille de Catane, je vivais calme et heureuse dans mon pays, avec ma mère et mon frère, lorsqu'un jour un homme vint me proposer de faire de moi une chanteuse, aux pieds de laquelle, disait-il, la foule tomberait enivrée. Cet homme, qui avait nom Petrus Ahnesorge, — un savant médecin dont vous avez entendu parler, — cet homme était immensément riche; en m'adoptant, en quelque sorte, pour sa fille, à condition que je lui consacrerais ma vie d'artiste tout entière, il ne pouvait que mériter ma reconnaissance et mon amitié. J'acceptai ce qu'il m'offrait; grâce à lui, je devins une cantatrice dont, en effet, les succès dépassèrent les espérances.

« Il y avait trois ans que je me contentais de la gloire pour tout bonheur, quand, à Berlin, je rencontrai le comte Karl Sprengel. J'aimai le comte Sprengel... Et... croyant qu'il m'aimait... je me donnai à lui !

« Pardonnez-moi cet aveu, Adrien, mais je dois tout vous dire. Mais le comte Sprengel était un méchant et un infâme qui s'était joué de mon âme, de ma jeunesse, de mon amour, comme on se joue d'une fleur des champs qu'on ne cueille, par hasard, sur son passage, que pour la jeter ensuite au vent. Le lendemain même du jour où j'étais devenue sa maîtresse, il m'abandonnait sans pitié. Alors... oh! alors, je vous le jure, Adrien, j'eus envie de mourir, de me tuer. Mais me tuer, mais mourir, le comte en eût ri, comme il avait ri de mes larmes ! Aux pensées de désespoir succédèrent les pensées haineuses. Le comte Sprengel semblait inattaquable dans sa personne, dans sa position, dans sa fortune. Résolue à la vengeance, je cherchai le point vulnérable où il me fallait frapper le comte... et je le trouvai.

« Il est inutile que vous connaissiez la vengeance que je tirai de l'infâme conduite du comte, Adrien. Qu'il vous suffise de savoir qu'elle fut terrible ! aussi terrible que je l'avais rêvée; si terrible, qu'après l'avoir accomplie, j'eus peur d'avoir à m'en repentir bientôt. Petrus Ahnesorge mourut à ce moment, en me laissant seule héritière de ses biens. J'avais pris le théâtre en aversion. Mon vieil ami n'étant plus, j'abandonnai aussitôt le théâtre. Et, afin de dérouter le comte Sprengel, si vraiment, comme je le pressentais, il songeait à me faire payer cher la leçon cruelle que je lui avais donnée, en même temps que le théâtre je quittai mon nom. Ma confession est terminée, Adrien. Pendant longtemps, le cœur encore saignant d'une blessure, j'avais cru ne plus aimer. La Providence, en m'amenant en Russie, m'a prouvé qu'il y avait de l'oubli pour toutes les douleurs, du baume pour toutes les blessures. Je vous ai vu, je vous ai aimé, je vous aime... Vous m'avez offert votre main, je suis prête à vous donner la mienne. Mais je n'ai pas voulu vous répondre affirmativement avant de vous avoir révélé la source de ma fortune... — une source honorable, je le crois... — et mes fautes... — des fautes excusables, je l'espère. — Décidez.

« Ancilla Guidotti. »

Adrien Tchernéïof n'avait pas lu le dernier mot de cette lettre, qu'il s'élançait vers Anastasio en lui criant :

— Ancilla... Ancilla!... Où est Ancilla, mon ami ? Oh! je vous en conjure, courez lui dire que je l'aime toujours, que je l'aime plus que jamais!

La porte du salon se rouvrit ; Ancilla s'était tenue derrière, écoutant, sans doute... attendant... Elle chancelait... pâle de joie.

— Ancilla, chère Ancilla! reprit le prince en la relevant dans ses bras.

— Vous pardonnez!

— Pardonner! Eh! qu'ai-je à pardonner! Si vous m'aviez connu, pauvre ange, vous n'eussiez jamais aimé le comte Sprengel. Pardonner! Est-ce le souvenir de ta gloire qui me ferait ombrage! Est-ce la pensée de cette vengeance que tu as tirée d'un méchant, qui m'effrayerait! Ancilla... tenez... chère Ancilla... regardez!

Le prince avait jeté au feu de la cheminée la lettre qu'il venait de lire.

— Il ne reste plus que des cendres du passé, continuat-il. Princesse Tchernéïof, je vous salue!

III

Rencontre.

On se rappelle peut-être qu'il avait été convenu entre le comte Sprengel et Robert Huguet que ce dernier passerait, chaque année, avec sa femme, quelques mois à Berlin, et que, de leur côté, chaque année, le comte et la comtesse iraient s'installer pendant un mois ou deux chez Robert et Anna, à Paris. C'était en 1832, au printemps. Le comte et la comtesse Sprengel étaient justement à Paris, alors. Par une belle après-dînée, nos quatre personnages s'en étaient allés se promener en calèche au bois de Boulogne. La calèche cheminait doucement sur le sable d'une des allées; les deux femmes causaient entre elles; Karl et Robert promenaient au hasard leurs regards autour d'eux. Tout à coup comme un élégant coupé passait sur la gauche de leur voiture, les deux hommes tressaillirent et, en même temps, leurs yeux, s'éloignant du point où ils s'étaient fixés, se rencontrèrent. Ce fut tout; Robert et Karl s'étaient compris, mais ils remettaient à un autre moment un entretien qui ne pouvait avoir lieu devant Clotilde et Anna. La promenade s'acheva moins gaîment qu'elle n'avait commencé; en dépit de leurs efforts, le comte et son ami restaient sous l'impression d'une pensée pénible sans doute.

Enfin, l'on était rentré à l'hôtel qu'occupait Robert, rue Saint-Lazare, et où le comte et sa femme avaient leur ap-

partement. Robert fit un signe à Karl ; ils laissèrent les deux sœurs dans le salon et se dirigèrent vers une pièce qui servait d'atelier au sculpteur, et où ils s'enfermèrent. A peine étaient-ils seuls, que Karl s'écria :

— Vous l'avez vue, n'est-ce pas?

— Parbleu !

— Oh! c'était elle! c'était bien elle! Son aspect vous a fait pâlir ainsi que moi.

— Pâlir! il est vrai, Karl. En apercevant, au moment où je m'y attendais le moins, cette femme, je n'ai pu me défendre d'une secrète terreur...

— Oui, oui... la terreur que fait éprouver l'aspect d'un reptile.

Robert sourit dédaigneusement.

— Un reptile! répéta-t-il.

— Oui... un reptile dangereux !... que j'ai juré d'écraser à la première occasion! Cette occasion se présente; je ne la laisserai point échapper.

Un nuage de tristesse assombrit le visage de Robert.

— C'est bien ce que je redoutais, fit-il.

— Que redoutiez-vous ?

— Vous le saurez; mais dites-moi d'abord, mon ami, vous ne me trompiez donc pas en me disant, il y a quelques jours encore, que vous haïssiez Ancilla ?

— Je vais vous répondre, Robert.

Et, s'étant recueilli une minute, le comte reprit ainsi :

— Vous êtes un homme de cœur et d'esprit, Robert, et vous me connaissez trop bien d'ailleurs, pour m'assimiler à ces gens sans énergie, sans âme, qui, lorsqu'un ennui ou un chagrin les frappe par leur faute, refusent obstinément d'avouer qu'ils s'inclinent devant la justice de ce châtiment. J'avais odieusement outragé Ancilla. Ancilla s'est vengée de moi, elle a bien fait, je le confesse... Elle s'est vengée à sa manière... une manière étrange; elle a eu raison... si cela l'a consolée... soit! Ceci dit, écoutez-moi bien, Robert; Le levain de ressentiment qui m'est resté au fond de l'âme, à la suite de la comédie de Roderick, ne se dissipera jamais... s'il n'est satisfait. Depuis cinq ans je rêve l'heure où je me retrouverai face à face avec Ancilla. Que se passera-t-il entre elle et moi, cette heure durant... je l'ignore! Mais enfin, à tort ou à raison, je vous le répète, je n'ai pas cessé une minute, depuis cinq ans, de souhaiter ardemment une rencontre avec... cette femme... Cette rencontre, il ne dépend que de moi, ou à peu près, maintenant, de la susciter, puisque Ancilla est en France... Dussé-je y jouer ma vie, cette rencontre aura lieu.

— Mais...

— Mais, — laissez-moi achever. — Dans quel dessein désiré-je être seul... une heure... rien qu'une heure, avec Ancilla? Ah! ah!... C'est ici, mon bon Robert, que je suis bien obligé encore de confesser la misère de ma nature! Je hais Ancilla, mon ami, oh! oui, je la hais! non pas pour le mal qu'elle m'a fait... car, après tout, ce mal a été assez léger!... mais pour le mal qu'elle a voulu me faire! Et, arrangez cela, je considérerais plus que comme un crime, comme une lâcheté, toute réparation... cruelle, que je tirerais de la fameuse comédie du château de Roderick.

Une exclamation de soulagement intérieur s'élança de la poitrine de Robert.

— A la bonne heure ainsi ! fit-il; si je vous comprends bien, Karl... celle que vous traitiez, il y a un instant, de vipère... que vous avez juré d'écraser... celle-là n'a à redouter de vous... que des reproches sans doute !...

Karl fronça les sourcils.

— Des reproches, non! s'écria-t-il; cela ne serait pas suffisant!... Tenez...

Le comte interrompit encore du geste son ami près de parler.

— Tenez, Robert, continua-t-il, assurément Ancilla, en danger de mort, m'offrirait ses baisers pour sauver sa vie, que je la repousserais avec dégoût... Et... pourtant... je voudrais la voir réduite à ce désespoir immense qui est cause qu'une femme n'a plus conscience d'elle-même ! Je voudrais...Eh ! mon Dieu ! je voudrais la forcer à pleurer... à mes genoux... Comme elle m'a forcé à trembler devant une pauvre fille privée de la raison. Me comprenez-vous?

— Très-bien.

— Ah ! et voulez-vous me servir dans mon désir ?

Robert secoua la tête.

— Non, répliqua t-il; tout ce que je puis faire pour vous, mon cher comte, c'est de vous souhaiter d'atteindre votre but. Tout en déplorant de vous voir entraîné dans une voie fâcheuse. Quant à reprendre un rôle dans une intrigue contre Ancilla, quelle que soit cette intrigue, sérieuse ou futile, jamais. Ancilla est heureuse aujourd'hui; peut-être a-t-elle racheté, par une vie honorable, les fautes de son passé; la troubler dans cette quiétude, serait, je le pense, de ma part, une mauvaise action; libre à vous, Karl, d'avoir soif de ses larmes, mais si vous buvez, vous boirez seul.

Le comte se leva et se promena à grands pas, quelques secondes, dans l'atelier. Puis revenant à son ami:

— A votre aise, dit-il, demeurez donc neutre dans cette nouvelle bataille qui va s'engager entre Ancilla et moi. Du reste, je préfère boire seul, comme vous dites; cela calme quelquefois mieux la soif que de boire à deux. Ce que je réclame seulement de vous, c'est...

— Le silence sur la rencontre d'aujourd'hui; ne craignez rien.

— Merci, causons d'autre chose à présent. Demain...

— Demain ?

— Eh ! demain, parbleu, ou après demain, ou les jours suivants, il faudra bien que je découvre la demeure d'Ancilla. J'ai ma piste; je ne la lâche plus.

I V

Encore un souvenir vivant.

Pendant huit jours de suite, Karl Sprengel se rendit tous les soirs au bois de Boulogne, dans l'espérance d'y rencontrer de nouveau Ancilla; mais vainement, se promenant au pas de son cheval, d'allées en allées, son œil avide fouillait chaque voiture qui passait près de lui, il ne découvrait pas celle qu'il cherchait. Un soir fatigué d'une course plus longue que d'ordinaire, sous les arbres du bois, le comte, en s'en revenant vers Paris, était descendu de cheval, à la porte Maillot, et se reposait, en rêvant, sous la tonnelle d'un café. Il y avait quelques minutes qu'il était là, en face d'un sorbet auquel il n'avait pas touché encore, lorsque deux personnes entrèrent au café et s'assirent à une table, presqu'en face de Karl. Ces deux personnes étaient un jeune homme et une jeune femme. Machinalement, les regards de Karl s'étaient d'abord portés sur le jeune homme, et, à première vue, il reconnut en lui un compatriote. Tout à coup, le comte tressaillit, et il eut peine à retenir une exclamation de surprise. Il venait de regarder à son tour la jeune femme, et cette jeune femme n'était autre que Marguerite... la Marguerite du château de Roderick... l'instrument de la singulière vengeance d'Ancilla... Marguerite la folle. Comme le comte tenait ses yeux attachés sur cette figure, qui lui rappelait de si étranges souvenirs, Marguerite, car c'était bien elle, Marguerite tourna la tête du côté du comte. Il s'attendait à la voir rougir; point, elle le considéra une seconde, comme on considère un visage étranger que le hasard a rapproché de vous. Et ce fut tout. En cet instant, un garçon, sur l'ordre du compagnon de Marguerite, apportait des rafraîchissements.

— Ludovic, fit la jeune femme, en s'adressant à son compagnon, ne restons pas trop longtemps ici, je t'en prie; il est huit heures, nous ne serons pas de retour avant la nuit, et tu sais que tu as à travailler beaucoup demain.

Le comte écoutait cette voix... ces paroles, et, malgré lui, il se sentait ému, troublé. « Ludovic, » avait dit Marguerite; ce jeune homme était donc celui qu'elle avait tant aimé, pour lequel elle avait perdu la raison; autant, toutefois, que l'histoire qu'elle avait contée, à Roderick, à Karl Sprengel, pouvait être vraie. Mais comment se faisait-il que Marguerite fût en France, à Paris, avec ce Ludovic? Elle n'était donc plus folle, ou, si elle l'était encore, elle était donc aussi dans un de ces moments de lucidité pendant lesquels rien, en elle, ne décelait la souffrance, la maladie?

Mais, si elle n'était pas folle en cet instant, comment ne reconnaissait-elle pas Karl Sprengel? Tandis que le comte faisait ces réflexions, celui à qui Marguerite avait donné le nom de Ludovic avait vivement empli deux verres de la boisson qu'on lui avait servie, puis invitant la jeune femme à l'imiter, il avait, non moins vivement, vidé l'un des verres... Et presque aussitôt, comme s'il eût été désireux de se rendre à l'avis de Marguerite, il avait appelé le garçon pour lui adresser la phrase sacramentelle :

— Combien vous dois-je ?

— Un franc cinquante, monsieur, repartit le garçon.

M. Ludovic avait déjà porté la main à l'une des poches de son gilet :

— Ah ! mon Dieu ! dit-il.

— Quoi donc, mon ami ? fit Marguerite.

— Mais, balbutia le jeune homme, je m'aperçois que j'ai oublié de prendre de l'argent.

— Tu en es bien sûr ?

— Certainement, c'est toujours là que je mets ma bourse, elle n'y est pas, et je me rappelle très-bien maintenant que je l'ai laissée dans l'atelier sur un coin de la cheminée.

— Comment faire ?

Ludovic et Marguerite se regardaient rouges de honte, tous deux, comme si la légère contrariété qui les frappait eût eu pour eux la valeur d'un véritable chagrin. Au reste, la contenance du garçon de café n'était pas de nature à leur rendre leur assurance; ce garçon, de l'école des sceptiques, sans doute, paraissait fort peu persuadé de la bonne foi du jeune couple. Il y avait dans son sourire, surtout, quelque chose de railleur, dont un Parisien se fût fort peu préoccupé, et qui devait embarrasser un étranger; il semblait dire dans ce sourire : « Je connais cette plaisanterie, vous n'aviez pas d'argent, et vous avez voulu, néanmoins, vous rafraîchir; j'en suis fâché, mais vous vous expliquerez à ce sujet avec mon patron. » Évidemment, ce garçon était un sot et un mal appris, et il n'avait qu'un coup d'œil à jeter sur la mise simple, il est vrai, mais de bon goût, du jeune homme et de la jeune femme, pour se convaincre qu'ils n'étaient point ce qu'il pensait. Cependant, le comte

n'avait perdu aucun détail de cette scène, et, sans se rendre compte de ce qu'il résulterait de sa conduite en cette circonstance, il s'était levé et, s'avançant vers M. Ludovic :

— Monsieur, lui avait-il dit, vous avez oublié votre bourse... vous plairait-il de puiser dans la mienne ? Entre compatriotes ce sont là de ces petits services qui ne se refusent pas.

Pendant que Karl Sprengel parlait, Marguerite l'avait considéré attentivement, mais toujours comme une personne qu'on voit pour la première fois.

— Allons, pensa le comte, à qui l'observation dont il était l'objet n'avait pas échappé, allons, je me trompe, cette femme n'est pas Marguerite... ou, si c'est Marguerite, elle est donc bien maîtresse d'elle-même, pour ne rien trahir de son étonnement en me voyant !

M. Ludovic s'était incliné devant le comte.

— Vous êtes mille fois bon, monsieur, dit-il, et j'accepte votre toute gracieuse proposition.

Le comte jeta une pièce d'argent au garçon qui s'éloigna.

— Et à qui, et où devrai-je aller acquitter demain la petite dette que je contracte aujourd'hui, monsieur ? reprit le jeune homme.

— Nous causerons de cela plus tard, si vous le voulez bien, monsieur, répliqua le comte. Vous retournez à Paris, je crois... avec madame ?

— Oui, monsieur.

— Eh bien ! si cela ne vous contrarie pas, nous ferons route ensemble, jusqu'aux Champs-Elysées, où je vais ordonner à mon domestique d'aller m'attendre avec mon cheval. Vous êtes Allemand, n'est-il pas vrai ?

— En effet.

— Vous êtes de Berlin ?

— Je suis de Berlin, et vous aussi, peut-être, monsieur ?

— Moi, aussi.

— Oh ! alors, mais je suis ravi, monsieur, de vous avoir rencontré ! Entends-tu, Marguerite, monsieur est de Berlin, comme nous ; nous allons pouvoir causer de notre pays !

Le jeune homme souriait à sa compagne et elle souriait, elle-même, sans le moindre effort, parfaitement joyeuse, en apparence, et du plaisir que ressentait son amant, — ou son mari, — de la rencontre d'un compatriote, et toute disposée, pour sa part, à profiter de cette rencontre. Nos trois personnages étaient sortis du restaurant ; ils marchèrent quelque temps en silence, l'un près de l'autre. Marguerite donnait le bras à Ludovic. Le comte, tout en s'entretenant avec ce dernier, ne pouvait s'empêcher, à chaque minute, de tourner ses yeux sur la jeune femme, et, sans doute, alors ses yeux avaient une expression particulière, car à un moment donné, Ludovic, baissant la voix, dit au comte :

— Est-ce que vous connaissez ma femme, monsieur ?

La question était brusque, mais elle était faite d'un ton qui ne décelait ni inquiétude, ni jalousie.

— Mais, non, monsieur, répliqua Karl, un peu décontenancé, cependant....

— Oh ! reprit le jeune homme, si je vous demande cela, monsieur, c'est qu'il n'y aurait rien d'extraordinaire que vous eussiez vu ma chère Marguerite, quelque part... où elle est restée longtemps... trop longtemps, hélas !

— Où donc cela ?

— Mais dans la maison de santé du docteur Petrus Ahnesorge.

Le comte tressaillit ; il ne s'était donc pas abusé, c'était bien Marguerite qui était devant lui.

— Petrus Ahnesorge! répéta-t-il; en effet... je suis allé visiter jadis...

— C'est cela ; vous aurez remarqué Marguerite...

— Et elle est donc guérie, maintenant?

— Complètement, oui, monsieur. Oh! il y a longtemps déjà... près de cinq ans. A la suite d'un voyage que fit Marguerite avec le docteur, je ne sais où, — le docteur, à ce qu'il paraît, avait jugé utile de la dépayser un peu pour la guérir, — elle revint à Berlin, tout à fait rendue à la raison. Et ce qu'il y a de plus singulier, c'est qu'elle ne se rappelait pas plus ce qui s'était passé dans ce voyage, que les circonstances qui avaient précédé et causé sa maladie! Ainsi, la folie de Marguerite était d'un caractère bizarre, lui laissant parfois des moments de lucidité, pendant lesquels elle pleurait sur la misère de sa mère et la mienne... car c'était le chagrin de savoir pauvres ceux qu'elle aimait qui avait troublé le cerveau de la chère fille; depuis qu'elle a recouvré la raison, je vous le répète, monsieur, Marguerite ne s'en sert que pour se réjouir de son bonheur présent, sans jamais accorder un souvenir au passé; on dirait qu'un rideau épais est jeté entre elle et les années écoulées pendant son séjour à la maison du docteur Petrus Ahnesorge.

— Cela est étrange, en effet. Et cette misère, disiez-vous, qui vous avait frappés, monsieur, vous et la mère de Ma... de mademoiselle Marguerite ?

— Cette misère n'existe plus, monsieur, grâce à une généreuse dame, l'amie de M. Petrus Ahnesorge.

— Une dame?

— Oui, une âme d'or qui s'était intéressée à la pauvre folle, une chanteuse, une artiste, mademoiselle Ancilla Guidotti.

Le comte pâlit.

— Ah! murmura-t-il, c'est Ancilla Guidotti...

— Qui est venue me trouver dans le taudis où je végétais en me disant que, non-seulement, je pouvais maintenant épouser Marguerite, mais que je n'avais plus rien à craindre pour l'avenir; qu'elle se chargeait de notre sort. La seule condition qu'elle mettait à ses bienfaits était notre départ pour la France. Être heureux en France, au lieu de souffrir en Prusse, il n'y avait pas à balancer, n'est-ce pas, monsieur? Nous partîmes aussitôt tous trois, Marguerite, sa mère et moi.

Et, depuis cinq ans, nous sommes établis à Paris, où rien ne nous manque... car je travaille, d'abord; je suis graveur sur bois, monsieur, et j'ai quelque talent. Et où les revenus résultant des intérêts de la dot de Marguerite... cette dot que sa bienfaitrice a placée elle-même au nom de sa protégée... où ces revenus, dis-je, suffiraient presque pour nous assurer une existence paisible.

Ludovic, — le graveur, — se taisait.

— Et, dit le comte en baissant encore la voix, tant son émotion était profonde, et... vous voyez quelquefois mademoiselle Ancilla Guidotti, votre bienfaitrice, monsieur ?

— Non ; depuis deux ans qu'elle est mariée, nous ne la voyons plus.

— Ah! elle est mariée ?

— Sans doute; elle s'est mariée en Russie, avec un grand seigneur qui était devenu amoureux d'elle... elle est princesse, à présent, princesse Tcherneïof. Au surplus, son mari n'a pas fait non plus une mauvaise affaire... Ancilla était fort riche, à ce qu'il paraît, par suite de la mort de Petrus Ahnesorge.

— Comment! Petrus Ahnesorge est mort ?

— Il y a trois ans, en laissant tous ses biens à Ancilla Guidotti.

— Et, elle habite sans doute la Russie... la princesse Tcherneïof?

— Habituellement, oui, monsieur; cependant cette année, elle est venue passer quelques mois en France.

— Ah!

— Oui; c'est son intendant que j'ai rencontré, il y a quinze jours, qui m'a donné ces renseignements. Le prince Tcherneïof est en voyage, et, pendant ce voyage, il a voulu que sa femme, qui venait d'accoucher, respirât un air plus doux que celui de la Russie. La princesse est installée dans un petit pays aux environs de Paris, à Ville-d'Avray, où elle passera toute la belle saison.

— A Ville-d'Avray! Et vous, monsieur, monsieur...

— Ludovic Bernheim, monsieur.

— Bon, où demeurez-vous?

— Rue Saint-Honoré, 28.

— Il suffit; je m'en souviendrai.

Le comte et ses compagnons avaient atteint l'Arc-de-Triomphe; le domestique de Karl était là avec les deux chevaux; avant que Ludovic Bernheim n'eût eu le temps de manifester l'étonnement que lui causait le prompt départ de ce dernier, le comte avait sauté en selle et s'était éloigné au galop.

V

Rêves de vengeance.

Le comte rentra radieux à l'hôtel de Robert Huguet. Il ne s'agissait plus pour lui, maintenant, que de dresser un plan de bataille convenable : il savait où trouver l'ennemi. L'ennemi! c'était Ancilla... devenue princesse... — devenue heureuse, sans doute... — Robert Huguet l'avait deviné. Quoi qu'il en eût dit à son ami, Karl, en apprenant que l'ex-chanteuse se trouvait en quelque sorte livrée sans défense aux effets de son ressentiment, — puisqu'elle était seule, alors, en France... — Karl, entraîné par un mouvement de fureur sourde, s'était juré que sa haine contre Ancilla aurait des suites terribles. Il ne songeait à rien moins qu'à attendre le retour du prince Tcherneïof, pour lui apprendre tout ce qui s'était passé jadis, entre lui, comte Karl Sprengel, et Ancilla Guidotti. Une vengeance odieuse, assurément, que celle-là... mais une vengeance qui souriait à Karl, troublé en ce moment, nous le répétons, par un accès de fureur indicible. Karl était dans son appartement, rêvant, cherchant ainsi un moyen de frapper dans son bonheur celle... qui l'avait frappé, elle-même, autrefois, lui, dans son orgueil. Comme il s'approchait d'une table pour y prendre un cigare, le comte aperçut un journal ouvert sur cette table. Ce journal était le *Courrier Français*. Par une coïncidence bizarre, le titre de son feuilleton, ce jour-là, était celui-ci: *la Vengeance*. Karl demeura, une minute, l'œil fixé sur ce titre... puis, saisissant le journal :

— Parbleu! murmura-t-il, il serait curieux que je trouvasse... là... ce que je cherche.

Et il lut ce qui suit:

LA VENGEANCE

Nouvelle.

I

Vers la fin d'un beau jour du mois de septembre, un jeune homme, élégamment vêtu, se dirigeait à grands pas vers Villegli, petit village à trois lieues de Carcassonne. Le soleil se couchait, dorant, au loin, de ses derniers rayons, l'immense chaîne des Pyrénées. Les Cévennes, vulgairement appelées dans le pays : les montagnes noires, disparaissaient déjà sous la brume, et le Fresquel roulait ses vagues bleues à la droite du voyageur, sans que leur léger bruissement, ni les points de vue délicieux qui s'offraient alors à ses regards, parvinssent à le tirer des réflexions douloureuses qui ridaient son front. Parfois, par un mouvement machinal, il faisait voler, du bout de sa canne, les fleurs solitaires qui bordaient le chemin, ou s'arrêtait un instant en murmurant ces mots avec un accent de tristesse et de découragement: « Arriverai-je à temps, mon Dieu! »

Puis, il reprenait sa course avec plus de vitesse encore.

Il était arrivé près du Pont-Rouge, aqueduc assez beau bâti sur le Fresquel, quand un paysan, arrêté à contempler les flots, se retourna brusquement au bruit des pas du voyageur, jeta sur celui-ci un regard rapide, et, lui saisissant le bras, s'écria d'une voix sourde:

— Vous êtes monsieur Lucien de Montalin, n'est-ce pas?

— Oui. Vous me connaissez?

— Je vous ai vu plusieurs fois au château; je suis Louis Lambert, le carrier, me remettez-vous?

— Vous êtes Louis Lambert! le frère de Suzanne! Oh! alors, vous allez me dire...

Le jeune paysan s'était arrêté, les bras croisés, devant le Parisien. Ses yeux noirs étincelaient, ses lèvres étaient pâles et contractées, il semblait jouir de l'anxiété de celui qui restait immobile à ses côtés, l'interrogeant du regard. Puis, après cet instant de pénible silence, il laissa tomber, syllabe à syllabe, ces paroles :

— Suzanne est morte, monsieur Lucien; vous avez tué ma sœur! Mais vous voilà revenu!... C'est bien!

Et s'élançant dans un petit sentier, à la gauche du pont, il disparut.

Lucien était anéanti; il eut besoin de s'appuyer contre un arbre pour ne point tomber. Quand il arriva, une heure après, à Villegli, au château de son père, Lucien était pâle comme une ombre; son cœur était brisé, car, à son retour dans ce pays où il avait cru retrouver un pardon et des sourires, il n'avait encore rencontré que des remords et des larmes.

II

Neuf heures venaient de sonner à l'église de Villegli; la

nuit était sombre et silencieuse, et, sur la Grande-Place, toutes les chaumières, à l'exception d'une seule, avaient fait droit à l'ancienne loi du couvre-feu. Dans cette demeure qui, lors de l'heure du repos, semblait veiller pour les autres, deux hommes, revêtus de la blouse de carrier, l'un âgé de cinquante-cinq ans environ, l'autre qui atteignait à peine sa vingt-cinquième année, étaient agenouillés près d'une jeune fille mourante. Le premier de ces hommes était le père, le second était le frère de celle qui, bientôt, allait les quitter tous deux... Et tous deux pleuraient, tous deux observaient, en frémissant, les rapides progrès de la mort sur ce visage, quelques jours auparavant, encore rempli de grâce et de bonté... Père et frère, chacun retenait son haleine, afin de pouvoir entendre les dernières paroles que murmuraient des lèvres décolorées... Mais ces paroles étaient confuses, entrecoupées, et, malgré leur attention soutenue, religieuse, avide, ni le père ni le frère ne pouvaient rien distinguer... Tout à coup, la jeune fille poussa un léger cri; elle tourna la tête du côté de la porte comme pour chercher quelqu'un qu'elle avait attendu... et qui n'était pas venu... Et d'une voix faible, mais distincte pourtant, alors :

— Lucien ! fit-elle, Lucien ! adieu !

Puis elle ferma les yeux, et l'on n'entendit plus, pendant quelques minutes, que les sanglots des deux paysans. Le plus jeune se releva le premier; le premier il cessa de pleurer. Il s'avança vers la couche funèbre, mit lentement la main sur le cœur de la jeune fille, et, comme aucune pulsation ne répondit à cette interrogation, il laissa retomber sa main, et, s'adressant à celui qui était toujours là, courbé et sanglotant :

— Père, lui dit-il, Suzanne n'est plus, mais nous savons le nom de celui qui l'a tuée. Ce qu'elle nous a caché avec tant de courage, pendant ses longues nuits de douleur, Dieu a permis que son dernier soupir nous le révélât ! Suzanne, en mourant, a pardonné sans doute à l'homme qui l'abandonna si lâchement ! Père, lui pardonnerons-nous aussi, nous ?

Le vieillard releva la tête.

— Louis, répliqua-t-il, ce que tu feras, je le ferai.

— Alors, père, nous nous vengerons !

— Soit ! Cependant, réfléchis, mon fils. Celui qui nous a déshonorés, celui qui nous a privés pour toujours de notre Suzanne bien-aimée, celui-là est le fils d'un homme riche et puissant... et nous ne sommes que de pauvres paysans, et nous n'avons aucune preuve à élever contre lui ! D'ailleurs, il a quitté le village pour retourner à Paris. Sans doute il ne reviendra pas de longtemps à Villegli... Nous ne pouvons donc que le maudire toujours, nous ne le frapperons jamais !

— Peut-être, père, peut-être ! Écoutez-moi : Grâce à vos soins pour eux, vos enfants ont appris à connaître leur langue et à l'écrire. Pour ma part, jusqu'à présent, cela m'avait peu servi : la science est inutile à qui passe sa vie à fouiller les entrailles de la terre ! Suzanne, au contraire, se plaisait, quand les soins du ménage lui en laissaient le loisir, à confier au papier ses peines ou ses joies. Dans ses derniers jours de souffrances, elle a tout brûlé, tout, hors cette lettre, pénible preuve sans doute des débris d'espérance qui lui restaient encore, même au bord de la tombe ! Père, c'est maintenant que je vous remercie de ne m'avoir pas laissé ignorant comme mes compagnons de travail, car cette lettre, trouvée par moi sous l'oreiller de ma sœur, et que, tant qu'elle a vécu, j'aurais considéré comme un sacrilége d'ouvrir, cette lettre, aujourd'hui, je vais vous dire

ce qu'elle contient... Le dernier souffle de Suzanne nous a appris à qui elle devait être envoyée.

Lambert fit un geste d'assentiment, et son fils lut à haute voix :

« Lucien, vous m'avez abandonnée, je devais m'y attendre; l'amour d'une pauvre paysanne ne pouvait vous faire oublier Paris et ses plaisirs. Moi, je pense sans cesse à vous... je vous aime et je pleure ! Mais je crois que je n'ai plus longtemps à pleurer... toutes les nuits je rêve que je suis morte... C'est un avertissement de Dieu, n'est-ce pas ? Lucien, je serais heureuse de vous revoir avant d'aller prendre ma place au cimetière du village. Je ne veux ni n'ai le droit de vous adresser aucun reproche ; je désirerais seulement vous dire adieu. Venez ! oh ! venez, je vous en prie ! Faites le sacrifice de quelques heures de joie à celle qui vous a donné son honneur et sa vie ! »

Louis s'arrêta; la lettre, non achevée, tremblait dans ses mains... les larmes l'aveuglaient... Le père se releva, tout debout, en chancelant, fixa ses regards sur les traits livides de sa fille, et, frappant avec violence sa poitrine :

— C'est ma faute ! c'est ma très-grande faute, murmura-t-il. Enfant, pauvre chère enfant, pourquoi te laissais-je seule, toujours seule, dans cette chaumière, tandis que je m'en allais, du matin au soir, avec ton frère, couvrir mon front de sueur à déchirer la terre ! Je ne pensais qu'à te donner du pain, ou à te rendre joyeuse par quelques présents... J'aurais dû songer d'abord que tu étais belle et qu'on pouvait t'aimer... T'aimer, hélas !... et t'abandonner ensuite, sans pitié ! Mais aussi, pouvais-je croire, mon Dieu ! qu'un étranger aurait tout de suite assez de puissance sur toi pour te détourner de tes devoirs... pour t'engager à te cacher de ton père ! Enfant, pauvre chère enfant, je te pardonne et te bénis ! Puisse Dieu te tenir compte là-haut de tes chagrins et de tes souffrances ! Mais lui... lui !... Et se tournant vers son fils :

— Tu as raison, garçon, continua le paysan, avec une expression terrible de haine, tu as raison ! Cette lettre nous servira à nous venger ! Cet homme serait donc bien lâche, s'il résistait à la prière d'une mourante ! Il reviendra... il faut qu'il revienne au village !... Et quand il le quittera, ce sera pour s'en aller souffrir et mourir à son tour !

L'espoir des deux paysans n'avait pas été déçu. Pendant cinq jours, cinq jours sans fin, Louis s'était placé sur un monticule qui dominait la route Minervaise, et là, sentinelle active, infatigable, aucun voyageur n'avait échappé à son investigation. Enfin, un soir, il était accouru à la chaumière en disant :

— Père, il est arrivé.

III

Lucien de Montalin n'était pas un de ces roués par ton, un de ces don Juan de convention qui trouvent original et du meilleur goût de séduire une jeune fille, pour la quitter ensuite et ne la revoir jamais. Élevé dans des principes plus nobles et plus généreux, il savait que l'amour d'une femme, et surtout son premier amour, ce sentiment tout rempli de dévouement et d'abnégation, est une des choses au monde qu'il faut le plus respecter et chérir. Mais Lucien de Montalin était jeune. Après quelques mois de bonheur, la satiété, puis l'ennui, avaient remplacé des plaisirs sans obstacles, sans interruption. Et il était retourné à Paris, jurant à la jeune fille de revenir bientôt, et croyant lui-même à son ser-

ment. Paris est le tombeau des amours de province ; au bout
de quelques semaines, Lucien avait oublié ses promesses ;
Villegli ne lui apparaissait plus, parfois encore, qu'à travers un nuage, et, malheureusement pour Suzanne, ce
nuage devenait de jour en jour moins diaphane. Trois mois
après son retour à Paris, Lucien, obéissant aux désirs de
son père, était devenu l'époux d'une demoiselle de grande
famille, qui lui apportait en dot de brillants avantages dans
le monde et une brillante fortune. La pauvre paysanne de
Villegli, qui pleurait toujours en espérant encore, ne devint
plus alors pour Lucien qu'un souvenir qu'il chassait bien
vite parce qu'il ressemblait souvent à un remords. Six mois
s'écoulèrent. Un soir, en rentrant du bal, Lucien reçut des
mains de son valet de chambre une lettre marquée du
timbre de Villegli... Il la décacheta vivement ; son cœur
était saisi d'un de ces pressentiments qui ne trompent jamais..... Aux premières lignes, il se sentit ému..... Au dernier mot, il se promit d'obéir aux prières, à l'appel de celle
qui l'aimait tant..... Et, cette fois, il fut fidèle à son serment.

Trois jours après, il était à Carcassonne. Impatient d'arriver, Lucien, en quittant sa chaise de poste, n'attendit pas
qu'on lui sellât un cheval..... il prit, à pied, le chemin du
village... Seul, l'âme attristée, il marchait à grands pas, en
pensant à Suzanne..... A Suzanne, qu'il comptait serrer
bientôt dans ses bras ; à Suzanne, qu'il se promettait de
consoler et d'encourager à supporter la vie. Nous avons vu
quelle terrible nouvelle guettait le voyageur à son passage
au Pont-Rouge... Nous allons voir ce qui devait résulter du
stratagème de Louis Lambert, adressant à l'amant de sa
sœur une lettre dans laquelle elle lui disait : « Venez ! »
quand depuis quatre jours, déjà, la pauvre fille, couchée
sous la terre, ne pouvait plus répondre à cet amant accouru
à son appel : Merci !... »

IV

M. de Montalin père était à Paris ; le château de Villegli n'avait donc pour habitants qu'un concierge et un
jardinier..... Lucien, après s'être débarrassé, non sans
peine, des salutations de ces braves gens, était monté à
son appartement, en ordonnant qu'on ne l'y troublât point.
Les pensées les plus diverses venaient en foule assaillir
l'esprit du jeune homme, et toutes étaient marquées au
coin de la plus sombre tristesse. Comment le frère de
Suzanne s'était-il trouvé là, à point nommé, sur sa route,
pour lui apprendre que Suzanne était morte ? Suzanne,
en fermant les yeux, avait-elle donc confié à son frère
un secret qu'elle devait éternellement cacher ?

Pourquoi ces paroles : « Vous voilà revenu, c'est bien ! »
Lambert et son fils s'étaient-ils donc promis de laver leur
déshonneur dans le sang du coupable, et l'avaient-ils donc
attiré dans un piége ? Lucien ne savait que croire ; seul,
appuyé au balcon d'une fenêtre, il voyait les ombres du
soir s'abaisser peu à peu sur le village et lui cacher cette
chaumière, au bas de la colline où s'élevait l'église, où
tant de fois il avait serré sur son cœur une jeune fille,
alors toute brillante d'amour et de jeunesse, et maintenant glacée pour l'éternité par la main cruelle de la
mort....

Lucien sentit sa poitrine se gonfler, ses tempes battre
avec violence, ses yeux se troubler..... L'aspect de la
cabane lui faisait mal..... il quitta son appartement en
toute hâte et se rendit dans le parc.... Au bout de quelques

minutes d'une promenade agitée, il tombait sur un banc
de pierre, et là, la tête entre les mains, il demandait à Dieu
de lui pardonner sa faute. La douleur, dans sa plus grande
force, a quelque chose qui étourdit et accable. Lucien,
immobile à sa place, plongé dans ses rêveries, ne s'apercevait pas que l'heure s'avançait, et qu'une nuit lourde et
noire avait succédé au crépuscule... Tout à coup, une main,
posée assez brusquement sur son épaule, vint l'arracher
à cette espèce d'assoupissement. Il tressaillit et releva la
tête ; deux hommes, deux paysans, au front couvert du
large feutre montagnard, lui apparurent, surgissant des
ténèbres comme l'ombre menaçante de Banco ! Ces hommes étaient les deux Lambert..... Lucien le comprit avant
même de les avoir reconnus..... Et il comprit également
qu'il était perdu..... Et il ne chercha pas à éluder le danger
par des menaces ou à le déjouer par quelque ruse ! Ceux
qui s'étaient érigés ses juges devaient être implacables dans
l'exécution de l'arrêt qu'ils avaient prononcé... Lucien alla
bravement au-devant du péril, il se redressa, et croisant
les bras devant eux :

— Que me voulez-vous ? leur demanda-t-il d'une voix
calme.

— Nous voulons vous tuer, répondirent en même temps
le père et le fils.

Lucien connaissait d'avance la réponse qui lui serait jetée,
et, pourtant, par suite d'une de ces lueurs d'espoir qui ne
vous abandonnent jamais, dans les situations les plus dé-
sespérées, il reprit, en essayant de sourire :

— Me tuer !... Allons donc, vous plaisantez, messieurs !
Me tuer ! Êtes-vous donc des assassins ?

— Nous sommes le père et le frère de Suzanne, murmura
la voix sourde du vieux carrier.

— Oui, dit Lucien, je l'avoue, je le confesse, j'ai commis
une faute, un crime dont les suites sont affreuses !... Mais
ce que Suzanne m'avait pardonné... cette faute qu'elle-
même enfin avait partagée avec moi... m'en rendrez-vous
seul responsable ?

— Vous avez abandonné ma fille ! s'écria cette fois, le
vieux Lambert. *Abandonné* ma fille ! répéta-t-il lentement.

— Lambert, je fus forcé de retourner à Paris, où des af-
faires réclamaient impérieusement ma présence ! Mais, je
vous le jure sur l'honneur, mon intention était de revenir
un jour à Villegli ! Je voulais...

— Vous mentez ! interrompit Louis ; vous êtes allé vous
marier à Paris ; vous ne vouliez plus revenir.

— Et cependant au premier appel de Suzanne, — car
vous ne l'ignorez pas, vous qui m'avez attiré dans ce
piége, c'est la première lettre d'elle que j'ai reçue... — et
cependant, vous le voyez, je suis accouru ! Dieu m'est témoin qu'en apprenant ses souffrances, j'aurais donné tout
au monde pour les faire cesser ! Ma fortune, ma vie... pour
l'entendre au moins me dire adieu ! Ai-je menti encore ?
dites ?

Il y eut un moment de silence ; Lucien respira. Tout à
coup, Lambert s'écria, comme une personne qui lutte contre
l'hésitation, le doute :

— Non ! non ! ce serait faiblesse ! Vous avez tué ma fille,
vous m'avez privé de mon bonheur... je ne dois point vous
pardonner ! Du reste, si c'est la mort solitaire, instantanée,
sans répit, qui vous effraye, monsieur de Montalin, rassurez-vous, vous ne mourrez pas ainsi ! Je ne veux pas
que vous quittiez la vie sans que vous ayez eu le temps de
la regretter. Il faut aussi que vous sachiez ce que c'est
que de se voir enlever aux gens qu'on aime et qui vous

aiment! Il faut que vous puissiez compter, avant de mourir, les jours, les heures, les minutes qui vous restent à vivre ! Vous avez un père, une mère... Vous avez une femme, n'est-ce pas ?

— J'aurai bientôt un enfant, balbutia Lucien, que cette pensée navra.

— Ah! un enfant aussi ! dit le carrier d'un ton amer ; eh bien ! votre père, votre mère, votre femme, vous verront vous éteindre insensiblement dans leurs bras ! Et remerciez-nous ! peut-être vous vivrez assez pour entendre les premiers vagissements de votre enfant !

— Oh! mais c'est affreux! Que voulez-vous donc faire ? s'écria Lucien en jetant ses regards autour de lui ; je saurai me défendre... vous échapper, peut-être ! Mes cris peuvent me sauver !... Au secours ! à l'aide ! à l'assassin !...

Lucien allait s'élancer loin des deux hommes...

— Frappe ! cria Lambert à son fils.

A ce mot, Lucien, qui ne vit plus le jeune paysan près de son père, voulut se retourner pour faire face au danger qui le menaçait traîtreusement... Deux mains calleuses saisirent les siennes et les retinrent comme dans un étau. Il se débattait en criant, lorsqu'une secousse épouvantable, qui parcourut tout son être, arrêta le son sur ses lèvres... Il chancela..... les mains qui le retenaient tout à l'heure l'avaient quitté... il allait tomber en avant, le visage contre terre... Une seconde secousse, plus terrible que la première, un coup violent, le frappant en pleine poitrine, le força à reculer... en se redressant... Les yeux éteints, la respiration brisée, le malheureux jeune homme fit quelques pas en arrière, étendit les bras, essaya vainement de pousser un soupir... et tomba... Les deux meurtriers restèrent un moment immobiles et muets à contempler leur victime... La voix de Louis, la première troubla ce silence funèbre.

— Père! dit-il... — et sa voix tremblait, — père, qu'avons-nous fait !... Il est mort!

— Non, répondit le vieux carrier, non! il n'a été frappé que deux fois !... Il a encore six mois à vivre ! Partons.

Et chacun des deux paysans ramassa, et jeta sur son épaule un objet étendu à ses pieds, et qui lui avait servi à consommer le crime... C'était un sac de toile fine, de forme oblongue et rempli de sable. Depuis la mort de sa fille le vieux Lambert, originaire des Cévennes, s'était rappelé, pendant ses longues nuits d'insomnie, la manière dont les montagnards se vengent, afin de jouir plus longtemps, par un raffinement de cruauté méridionale, des souffrances du malheureux qu'ils ont frappé. Un pâtre lui avait expliqué autrefois, comment deux coups d'*uno sabliero*, donnés d'une main sûre et selon les règles suivantes : le premier dans les reins, le second dans la poitrine, rendaient un rival ou un ennemi peu dangereux en brisant en lui le système de la respiration et en le condamnant ainsi à s'incliner vers la tombe.

— Pour une vengeance plus acharnée, avait continué le berger se livrant à son cours d'homicide, la *pando* (espèce de hache à deux tranchants) valait mieux ! Mais, avec la pando, la mort suivait immédiatement la blessure, faite par un bras exercé... L'*ensableur*, au contraire, pouvait voir, pendant six mois, souvent davantage, sa victime, d'abord remise de la secousse horrible qu'elle avait éprouvée, s'affaiblir peu à peu..... se ranimer un instant encore..... puis s'éteindre pour jamais ! La leçon du pâtre des Cévennes n'avait pas été perdue ; pour assouvir la haine qu'ils

portaient à Lucien, Lambert et son fils s'étaient faits *ensableurs*.

V

Dans une jolie chambre à coucher, aux tentures de damas bleu, au plancher recouvert d'un moelleux tapis, et près d'une cheminée où brille un feu bienfaisant, un homme, dont les traits sont pâles et amaigris, est étendu sur une chaise longue... Les yeux machinalement arrêtés sur un tableau, cet homme écoute distraitement la lecture que lui fait à voix basse une jeune femme, enceinte, assise à ses côtés... Parfois, cependant, la jolie lectrice s'arrête pour regarder le malade... Et celui-ci, dont le silence même interrompt alors les vagues rêveries, fait à sa compagne un léger signe de tête comme pour l'inviter à continuer sa lecture. On a reconnu cet homme: c'est Lucien de Montalin. Lucien de Montalin, subissant l'effet de l'atroce vengeance des deux Lambert. En ce moment, en proie à de cruels souvenirs Lucien voyait passer devant lui des images, des fantômes tristes ou terribles ! Suzanne, son père, son frère, venaient tour à tour s'appuyer derrière le fauteuil de sa femme, à lui, Lucien, qu'ils semblaient menacer... Si, pour éviter, pour chasser des visions qui l'effrayaient, Lucien fermait les yeux, il se retrouvait à ce jour où, couché sur un lit de douleur, au château de Villegli, il s'était réveillé d'un néant de trois jours, pour voir son père, sa mère, sa bonne Héloïse, accourus de Paris pour veiller sur celui qu'ils adoraient, pleurer de joie lorsqu'il revint à la vie ! Lucien avait toujours caché aux siens la cause du mal qui le consumait. Il eût pu, sans doute, citer ses meurtriers devant les tribunaux ; les deux carriers avaient dédaigné de chercher dans la fuite un refuge contre ses accusations... Mais le malheureux jeune homme n'ignorait pas qu'en les livrant à la justice, il livrait en même temps, à l'opinion publique, des secrets dont il avait à rougir, et qui peut-être aussi l'eussent fait mépriser de celle qui portait son nom... Il préféra renfermer ses plaintes au fond de son âme... Et son plus ardent désir fut de quitter ce village où la mort l'avait appelé... Et loin duquel il devait encore retrouver la mort.

Depuis son retour à Paris, la maladie avait fait de rapides progrès, et Lucien voyait avec effroi se réaliser la prédiction du vieux paysan : il comptait les jours, les heures, les minutes qui lui restaient à vivre. Ce jour-là, affaissé sous la fatigue que lui causaient ses souvenirs, bercé par la douce monotonie des accents de sa femme, la tête appuyée sur un large oreiller, il s'assoupissait légèrement, comme un enfant, sous l'œil de sa mère...

— Héloïse, murmura-t-il, je suis plus heureux que je ne l'ai jamais été.

— Mon ami, mon bon Lucien ! fit la jeune femme en se penchant avec un sourire d'ange vers le malade.

— Oui, reprit-il, je ne sais si c'est que Dieu a pitié de moi et que je dois guérir bientôt... mais je me sens mieux, bien mieux, aujourd'hui... Vois! je respire plus à l'aise... mes mains sont moins brûlantes, mes lèvres moins sèches... Lis encore, lis toujours, chère femme ! Ta voix est peut-être le remède souverain à mes douleurs... Que je t'entende encore! Lis... je t'en prie!... Il me semble que tant que tu seras ainsi à mes côtés, je ne mourrai point.

La jeune femme avait repris sa lecture d'une voix affaiblie par une secrète douleur. Lucien s'endormit. Quand il se réveilla, son père était devant lui, tenant par la main un jeune homme au costume pittoresque des campagnes du Languedoc.

— Lucien, disait M. de Montalin, en imprimant un long baiser sur le front de son fils, Lucien... je n'ai pas voulu troubler ton repos... Mais à présent, dis-moi, cher fils, reconnais-tu ce visiteur, qui, depuis près de deux heures déjà, attend près de toi, à mon exemple, que tu puisses le saluer d'un bon sourire! Bien des fois, m'a dit ce jeune homme, il a guidé tes pas dans tes excursions lointaines aux Montagnes-Noires... C'était un camarade de fatigue et de plaisir. Il a fait le voyage tout exprès pour te voir... pour te souhaiter un bon rétablissement... Lucien, mon fils, ne tendras-tu pas la main à un ami?

Pendant ces paroles de son père, une pâleur mate, celle de la mort, avait couvert le visage du malade...

— Mon fils, mon ami, qu'as-tu donc? s'écrièrent à la fois M. de Montalin et sa belle-fille, qui s'aperçurent avec terreur de l'altération subite des traits de Lucien; souffres-tu davantage? dirent-ils en se mettant à genoux devant lui; parle, de grâce, réponds-nous!

Lucien ne répondit pas; il arrêta son regard égaré sur le regard à la fois ironique et sanglant du montagnard...

Puis il ferma les yeux, poussa un soupir. Ce fut le dernier.

<h1 style="text-align:center">VI</h1>

Vers le soir du quatrième jour suivant, Louis Lambert rentrait dans sa chaumière et, s'adressant à un vieillard accroupi près de l'âtre :

— Père, disait-il d'une voix grave, *je l'ai vu mourir.*

. . . .

Le comte Karl Sprengel avait lu jusqu'au dernier mot de la *nouvelle*, et il demeurait pensif. Le cœur de l'homme a de singuliers revirements d'impressions. *La Vengeance!* Attiré par le titre de ce feuilleton, Karl avait cru trouver, dans sa lecture, un redoublement d'énergie au sentiment qui le dominait depuis quelques jours, celui de punir une femme détestée; — détestée, il le croyait, du moins. Et point du tout, voilà qu'après avoir pris connaissance de cette historiette, au dénouement sombre et fatal, le comte se sentait, au contraire, comme effrayé d'avoir pu songer un instant à rendre le mal pour le mal. Il laissa tomber le journal, et d'une voix émue :

— Non, non, murmura-t-il, Robert avait raison; poursuivre Ancilla dans son bonheur, serait une action indigne de moi. Il faut bien que je me l'avoue; en me frappant il y a cinq ans, elle n'a fait qu'user du droit que je lui avais donné. Le droit de se venger. Cependant...

Et un soupir de regret s'échappa de la poitrine du comte.

— Cependant, poursuivit-il, j'aurais bien voulu à mon tour.....

Il n'acheva pas, mais un sourire plissa ses lèvres.

— Pourquoi pas! reprit-il, après un silence; Ancilla habite Ville-d'Avray, seule, puisque son mari est en voyage. Demain, j'irai à Ville-d'Avray.

<h1 style="text-align:center">VII</h1>

Tout le monde connaît Ville-d'Avray, ce charmant village sis à quelques lieues de Paris, au milieu des champs et des bois. Ancilla habitait là une élégante villa que le prince Tchernéïof avait louée pour la belle saison. Anastasio, — qui depuis le mariage de sa sœur, en Russie, était parti pour l'Italie; — Anastasio, sur l'invitation d'Ancilla, à son arrivée en France, s'était hâté de venir l'y retrouver. Il lui tenait compagnie à Ville-d'Avray, pendant l'absence d'Adrien Tchernéïof. Or, c'était par une belle matinée de la fin de mai, Ancilla brodait, assise sous une tonnelle tout ombragée de chèvrefeuille, située presque au milieu du jardin de la villa. A ses côtés était assise une grande et forte Circassienne, revêtue du costume national, tenant dans ses bras un enfant. Cette femme était une nourrice. Cet enfant était celui d'Ancilla. Un bruit de pas résonna sur le sable; Anastasio s'avançait vers sa sœur.

— Adieu, chère amie, dit-il à Ancilla; je pars.

— Et tu seras de retour?

— Pour l'heure du dîner, c'est convenu.

Ancilla allait donner sa main à Anastasio, mais sa main s'arrêta en route.

— Qu'y a-t-il donc? dit le jeune homme, surpris de ce dernier mouvement.

Ancilla se tourna vers la nourrice.

— Irène, fit-elle, est-ce que le petit dort?

— Non, madame.

— Eh bien! Allez donc vous promener un peu avec lui du côté du bois, la chaleur est excessive ici, il me semble; vous serez mieux sous les grands arbres.

La nourrice se leva, et allait s'éloigner.

— Ah! dit Ancilla en la retenant d'un geste, auparavant donnez-moi donc mon Paul à embrasser.

Et, tandis qu'Irène approchait des lèvres de sa mère, le visage rose et blanc de l'enfant :

— Qu'il est beau, mon fils, n'est-ce pas, Anastasio? s'écria Ancilla, dans un élan d'orgueil.

— Assurément; répliqua Anastasio en souriant.

Et il ajouta en s'inclinant :

— Comment pourrait-il en être autrement!

La Circassienne était enfin partie avec M. Paul.

— Si j'ai deviné juste, reprit Anastasio, qui s'était assis aux côtés de sa sœur, ce n'est pas sans motif que tu as renvoyé cette bonne Irène; tu as quelque chose à me dire.

Ancilla fit un signe d'assentiment.

— Qu'est-ce donc? parle. Quelque commission mystérieuse dont tu veux me charger; une robe, un châle à acheter pour ta nourrice.

Ancilla secoua la tête.

— Non, répliqua-t-elle.

— Explique-toi, alors.

Ancilla tourna, vers son frère, ses grands yeux dont l'expression était embarrassée, presque craintive.

— Anastasio, dit-elle, tu vas te moquer de moi?

— Bah! et pourquoi donc?

— Parce que... parce que c'est un enfantillage de ma part, j'en conviens; mais cela me chagrine que tu me quittes aujourd'hui.

Anastasio éclata de rire.

— Il est certain, reprit-il, que je ne m'attendais guère à un tel aveu; cela te chagrine, dis-tu, que je te quitte; mais tu plaisantes, sans doute; il est midi, je serai revenu à six heures, et...

— Et, ne ris pas, Anastasio, je t'en conjure; oui, je ne sais pourquoi je me sens toute triste à l'idée de demeurer seule aujourd'hui dans cette maison.

— Seule, mais n'as-tu pas tes domestiques! En vérité, il semblerait que c'est la première fois qu'il m'arrive, en l'absence de ton mari, de te priver de ma compagnie.

— Je te le répète, ma frayeur n'a pas le sens commun; je suis très-persuadée que je ne cours aucun danger dans cette maison, dans ce pays, et cependant...

— Et cependant?

— Eh bien! que t'importe d'aller à Paris demain, au lieu d'y aller aujourd'hui! Reste avec moi, veux-tu, Anastasio? Reste! Tiens, le temps est superbe, on attellera une des calèches et nous irons faire un tour ensemble, avec Irène et Paul.

— La proposition est tentante.

— Et tu l'acceptes?

— Pour demain, oui; aujourd'hui, ne t'en déplaise, mon cheval est sellé, mon valet de chambre m'attend, j'ai donné rendez-vous, à Paris, à un de mes amis... J'irai à Paris aujourd'hui. Allons, Ancilla, Adrien t'a gâtée, ma chère, en se prêtant à tes moindres caprices, à tes plus légères fantaisies. Qu'est-ce que cela signifie de se laisser aller ainsi, sans rime ni raison, à des terreurs imaginaires...

Ancilla soupira.

— Imaginaires! répéta-t-elle à demi-voix.

— Sans doute! As-tu donc rêvé brigands, assassins, pour vouloir qu'on veille absolument sur toi!

— J'ai rêvé pis que cela.

— Ah! ah! et quoi donc?

— J'ai rêvé que le comte Sprengel se battait avec Adrien. Anastasio haussa les épaules.

— Le comte Sprengel est loin, dit-il, et fût-il en France, à Paris, à Ville-d'Avray même, qu'il se soucierait médiocrement de jouer sa vie contre celle du prince.

— Tu crois?

— J'en suis sûr; mais voyons, chère niaise que tu es, depuis cinq années, cinq grandes années, est-ce que si le comte avait voulu te rejoindre pour se venger, il ne l'aurait pas pu faire cent fois?

— C'est vrai.

— Le comte t'a oubliée, comme il a oublié certaine aventure...

— Tais-toi, oh! tais-toi, mon ami; j'ai honte de moi, quand je me rappelle ce que la haine et la colère m'ont poussée à commettre.

— Soit, laissons un souvenir qui peut t'être pénible, je le conçois. Mais, pour en finir, laissons de côté aussi des terreurs qui ne reposent que sur des nuages. Tu es heureuse,

bien heureuse, mon Ancilla, et rien ne peut s'attaquer à ton bonheur; rien ne saurait l'atteindre, l'effleurer, seulement. Allons! tends-moi ton front bien vite... et au revoir... A tantôt!...

Anastasio n'était plus là. Ancilla le suivit des yeux, s'éloignant par une allée qui conduisait à la maison... Quand elle ne le vit plus, elle reprit, d'une main machinale, sa broderie... Et, machinalement encore, elle se remit à faire voltiger l'aiguille. Il y avait environ dix minutes qu'elle travaillait de la sorte, lorsque, tout à coup, un bruit frappa son oreille. Ce bruit provenait de l'agitation soudaine des branches d'un massif voisin de la tonnelle. Ancilla se leva... son regard arrêté sur le massif... Et un cri jaillit de sa poitrine. Un homme, caché derrière les branches, venait de s'élancer en face d'elle. Cet homme, c'était le comte Karl Sprengel.

— Vous! vous! ici! balbutia Ancilla en retombant sur sa chaise, tandis que le comte, immobile, et un sourire aux lèvres, la contemplait.

— Oui, moi, répliqua-t-il, moi qui sais gré à votre frère de n'avoir pas ajouté foi à vos prières.

— Ah! vous avez donc entendu?

— Tout! Votre frère se trompait, Ancilla. J'ai toujours pensé à vous. La preuve, c'est que, dès que j'ai su où vous trouver, je suis venu.

— Et que me voulez-vous?

— Je vais vous le dire. Ancilla, vous n'avez pas craint, pour vous venger de moi, il y a cinq ans, de m'imprimer au front une marque ineffaçable de honte. Ma vengeance, à moi, sera plus terrible encore que la vôtre.

— Oh!... je vous comprends... Vous voulez tuer mon mari... le provoquer peut-être!

— Allons donc! A quoi me servirait la vie de votre mari? Je veux mieux que cela...

— Quoi donc?

— Vous êtes mère, Ancilla...

— Eh bien?

— Eh bien!... les tortures d'une mère à qui l'on a ravi son enfant doivent être cruelles, n'est-ce pas?

— Mon Dieu!... achevez... Mon...

— Votre enfant... par les soins d'un homme qui m'est dévoué... votre enfant vient d'être enlevé à sa nourrice... Vous ne le retrouverez jamais!

Sans réfléchir que ce que lui disait le comte était impossible... qu'Irène, qui se promenait à quelques pas, n'avait pu, sans appeler, sans crier, se laisser enlever l'enfant confié à sa garde... Folle de rage et de terreur... les traits décomposés... les yeux démesurément ouverts, Ancilla, comme une tigresse blessée, s'était précipitée sur le comte, qu'elle étreignait en bégayant ces mots:

— Misérable! misérable!... Lâche!... Vous n'avez pas fait cela; non, vous n'avez pas fait cela!... Vous ne m'avez pas volé mon enfant!

Le comte se laissait meurtrir les bras par les petites mains de la jeune femme. Et il souriait... En ce moment, une voix bien connue, une voix chérie prononçant cette parole: « Maman, » retentit derrière Ancilla. Elle se retourna... La nourrice était derrière elle, tenant le petit Paul dans ses bras... la nourrice souriant à l'enfant, et surprise seulement de voir sa mère livrée à une sorte de lutte avec un étranger. Ancilla, à l'aspect de son fils, avait bondi vers lui.

— Adieu, madame! dit le comte. Ma vengeance est terminée... L'ombre d'une terreur, comme revanche d'une terreur réelle. Je suis généreux... Qu'en pensez-vous ?...

Et avant qu'Ancilla n'eût pu lui répondre, Karl Sprengel, se jetant dans un sentier couvert, regagnait à grands pas la brèche de la muraille par laquelle il s'était introduit dans le jardin de la villa de la princesse Tchernéïof.

VIII

Conclusion.

Notre histoire se termine là. Ah! n'oublions pas de men-tionner pourtant que, sous prétexte de commande de travaux, Karl Sprengel donna à Ludovic Bernheim, le mari de Marguerite, une somme de vingt mille livres. Le comte avait bien voulu, comme vengeance, se contenter d'une ombre : comme réparation d'une mauvaise action, dont il n'avait été pourtant que l'instrument, il voulut une généreuse réalité. Si Karl Sprengel, en agissant de la sorte, témoignait encore quelque peu de son penchant à l'orgueil, du moins, cette fois, ce penchant l'avait entraîné du bon côté du péché.